Ateneia Feijó
é especialista em temas brasileiros. Trabalhou em *Jornal do Brasil*, *Manchete*, *Revista Geográfica Universal*, *Fatos e Fotos*, *Cláudia* e *Marie Claire*. Ensinou na Faculdade Hélio Alonso e foi debatedora do Sem Censura, na TVE. Integrou a equipe do *Correio Braziliense* ganhadora do Prêmio Esso de 1994. Publicou três livros infanto-juvenis pela Editora Moderna: *O índio aviador*, *A múmia verde* e *A criatura da mina*. Lançou pela editora Senac *Cachaça artesanal – do alambique à mesa*.

ELAS SÃO DE MORTE

O JANTAR
DA LAGARTIXA

Ateneia Feijó

O JANTAR DA LAGARTIXA

Rocco

Rio de Janeiro – 2003

Direitos desta edição reservados à
EDITORA ROCCO LTDA.
Rua Rodrigo Silva, 26 – 4º andar
20011-040 – Rio de Janeiro – RJ
Tel.: (21) 2507-2000 – Fax: (21) 2507-2244
rocco@rocco.com.br
www.rocco.com.br

Printed in Brazil/Impresso no Brasil

preparação de originais
MÁRCIA DORÉ

CIP-Brasil. Catalogação-na-fonte.
Sindicato Nacional dos Editores de Livros, RJ.

Feijó, Ateneia, 1943-
F328j O jantar da lagartixa/Ateneia Feijó. – Rio de Janeiro: Rocco, 2003.
– (Elas são de morte)

ISBN 85-325-1629-7

1. Ficção brasileira. I. Título. II. Série.

CDD – 869.93
03-1565 CDU – 821.134.3 (81)-3

O JANTAR
DA LAGARTIXA

1

Ai... Abigail gemia. Ai, como doía. Explicitamente, doía, doía muito. Ela despiu-se. Devagar. Face petrificada. De repente a cabeça pesou e caiu para o peito, trazendo junto os cabelos castanhos. Com a face oculta, ela chumbou os braços em cruz sobre os seios. As mãos agarraram os ombros pateticamente. Aiiii, ela gemia. Doía, como doía. Ela flexionou os joelhos e as coxas se tocaram em mais um movimento robotizado. Nada parecia existir além da dor de Abigail e do seu esqueleto, bem sustentado por músculos nervosos, embrulhado numa pele morena perfeitamente hidratada. Aiiii... Epa. Que merdinha era aquela no piso? Que merdinha era aquela? Que merdinha...

Abigail começava a retornar ao comando consciente do coitado de seu cérebro, tão cansado. Tão, tão... Ela fixou ainda mais os olhos vermelhos na merdinha. Que era aquilo sobre a ardósia preta emborrachada? Quer dizer, não era emborrachada mas parecia por causa da impermeabilização com resina. Que merdinha era aquela no chão que tanto gostava? Inclinou-se para enxergar melhor e identificou os pedaços de asa. Pedaços de asa! Mexeu a boca sem romper a mudez. O som veio da virada da cabeça para trás... clek! Das vértebras do pescoço estalando. Ah, o rosto brilhou por inteiro sob a lâmpada do banheiro, os olhos bem abertos. Ela sabia... os pedaços de asa tinham a ver com a caçada noturna de alguma lagartixa. Esse pequeno réptil adorava jantar mariposas. Abigail subiu o olhar pelas paredes de azulejos brancos e achou o inseto enorme junto ao vértice da parede da janela com o teto. Estático. A asa esquerda retalhada, a direita inteira. Abertas. Da ponta de uma à outra tinha uns quinze centímetros. Eram mescladas de vários marrons. Abigail fechou os olhos e esqueceu a mariposa horrenda. Doía-lhe muito a morte de Luiz Antônio. Doía-lhe demais a perda do amigo amoroso.

Assim... Não tinha sido o grande nem o melhor, tinha sido o seu amigo amoroso. Único. Ela voltara do enterro com séculos e séculos. Fora uma das primeiras pessoas a chegar no cemitério e ficara na sombra da mangueira ao lado do mausoléu, à espera. Vira Eugênia se aproximar garbosa com os homens parrudos de terno e gravata. Um postara-se nas costas dela transformando-se em muro e o outro esgueirara-se por entre os sepulcros espionando as sombras até se decidir pelo ponto de guarda. Ambos, anos a fio, fiéis escudeiros de Eugênia Magalhães! A bela e milionária dona da *Galáxia*, a nova revista de sucesso no mercado editorial. Uma revista temática voltada para meio ambiente, ciência e tecnologia. Planetária. Ou melhor, galáctica. Abigail estremeceu e ressuscitou a velha cisma. Por que Eugênia a odiava? Ciúme de sua relação com Luiz Antônio? E por que dissimularia esse ódio?

Abigail entrou no box. Ah! Como gostava de ficar nua. Abriu a torneira do chuveiro e se entregou à ducha morna de olhos fechados, recordando-se de que havia lavado a garrafinha dos beija-flores sem conseguir limpar um musgo esquisito, rosado, grudado nas pequenas flores de plástico amarelas. Enchera-a de novo com água açucarada recolocando-a na trave da varanda, de cara para a encosta da reserva florestal. Residia no Horto, bairro verde da zona sul carioca. Abigail entreabriu os olhos, curvou-se para ensaboar os pés e... deparou com a mariposa estatelada de costas, boiando horripilante no piso encharcado do box. "Assim não dá", pensou irritadíssima. Largou o sabonete, pegou corajosamente a monstrenga pelas asas retalhadas, jogou-a no vaso sanitário e apertou o botão da descarga. A mariposa gigante estava viva e, desesperada, bateu as asas com um vigor inútil para escapar do turbilhão, deixar de gravitar e não ser sugada pelo buraco do esgoto.

Diante da cena, a pressão no peito de Abigail voltou. O vazio oprimia-a de novo. Ela retornou ao chuveiro e sob a água doce, morna e clorada, sentiu saudades do mar. Há quantos meses não tomava um banho de mar? A praia... Não. Não abandonara a praia. Às vezes conseguia caminhar na areia nos finais de tarde, salgava os pés no vento e olhava a massa líquida a se esticar e a se encolher, arrebentando pensamentos na curva do planeta. No ano 2000! À beira do vácuo. Pendurada pelos pés, a cabeça em rotação quantificando as voltas que dera em torno do Sol. Trinta e sete voltas, quase catorze mil dias viajando por uma estrada elíptica, retornando sempre ao ponto de partida em um outro tempo. E daí carambolas? Eram 37 anos – de ser humano, sexo feminino, nesta vida terráquea. Quantidade titica de voltas, ínfima, nada de nada para a idade de translação do planeta atingido também pelos efeitos cumulativos do tempo. Caca, caca, caca! berrava Abigail, sem abrir a boca. Babaca que era de se torturar no esforço absurdo de tentar entender a própria existência, num campo gravitacional chamado Sistema Solar!

"Alôooo... estou aquiiii." Vontade ela tinha de gritar. Nada original. Então, por que não ia se roçar nas ostras? Razão tinha a Mara, sua mãe, de ter saudades do monsenhor Nabuco. Alto e gordo, ameaçando-a com as labaredas do inferno se não confessasse os pecados e cumprisse a penitência de rezar uma enfiada de ave-marias, salve-rainhas e às vezes terços ou rosários inteiros. Em êxtase, a menininha Mara cumpria a pena e acreditava que reservara um lugar no céu. Pura e sem culpas. Época boa. Depois, mulher adulta, dividira-se entre a crença na reencarnação e várias teorias esotéricas, uma delas defendendo a possibilidade de que, ao se libertar da matéria, o espírito humano viajaria para outra galáxia transformando-se num ET apto a um outro ciclo de vida cósmico. Estava escrito em uma das cartas recentes que enviara à filha. Desde que se mudara para Curitiba, Mara dava aulas de música e estudava tarô. Abigail a adorava. Sob a água morna escorrendo-lhe pelo corpo, ela imaginava a mãe com poderes de maga. Cadê a sua bruxinha do bem? Perguntava-se. Bastava de bobagem, respondeu-se.

Abigail precisava falar com Eugênia. Mas antes

conversaria com Amadeu, jornalista *free-lancer* como ela. Apaixonado pela profissão como ela. Os dois trabalhavam sob encomenda para a *Galáxia*. Vez por outra faziam parcerias para reportagens por este mundo afora. Amadeu escrevendo, ela fotografando. De tão bem sintonizada no trabalho, a dupla acabou se ligando numa forte e colorida amizade. Só que ela precisava conversar com o parceiro profissional sobre o amigo amoroso morto e recém-enterrado. Tinha de falar do telefonema. O Amadeu precisava saber do telefonema de Luiz Antônio. Droga, droga, drooogaaaaa!!! Ela não conseguia apagar a imagem nem a voz do seu cérebro. Iniciara a limpeza das lentes da sua Nikon com uma flanela macia, quando o telefone tocara. "Abigail? Sou eu, Luiz Antônio. Estou de volta, gracinha." "Luiz Antônio? Você já está no Rio?" "Vem para cá para falarmos do furo." "Que furo?" "Vem pra cá que a gente conversa pessoalmente! Trouxe uma preciosidade da Amazônia."

Aquele telefonema fora o último contato com o amigo amoroso. Luiz Antônio era o diretor editorial da revista *Galáxia*. O que fora fazer na Amazônia? Dissera a ela que ia dar uma sumida para descansar, não lhe falara na Amazônia, por quê? Abigail intuía algo. Sentia uma coisa inexplicável que a fazia desconfiar da morte de Luiz Antônio. Fechou a torneira de água quente e deixou apenas a água fria caindo do chuveiro. O impacto da mudança de temperatura fez-lhe bem. Saiu do banheiro, com água pingando do corpo, à procura da toalha. Tinha-a largado na maçaneta da porta da área de serviço quando a recolhera do secador de roupas.

Abigail vestiu-se rapidinho. Era dada a decisões impulsivas, a profissão de repórter-fotógrafica *free-lancer* estimulara esta sua característica. Ligou para o número que sabia de cor e ouviu a mensagem da secretária eletrônica. Não queria deixar recado algum. Droga!

– Amadeu, atende, é urgente. Amadeu atende, vai.

– Alô! Abigail?

– Preciso conversar com você, dá para a gente se encontrar?

– Estou fechando uma matéria, baby.

– Então...

– Assim que eu acabar o texto, ok?

– Quanto tempo você acha que vai demorar?

– Umas duas horas.

– Pra onde está escrevendo?

– Para a *Galáxia*. Agora chega que você está me atrasando ainda mais. Daqui a duas horas eu ligo, baby.

– Tá.

– Te amo.

Abigail jogou-se na rede da varanda. Pensou no pai. Filha de um fotógrafo respeitado no mercado de jornalismo, herdara os genes vocacionais familiarizando-se com lentes e filmes desde a adolescência. Talentosa, conquistara seu próprio espaço profissional. Algumas vezes seu belo amigo amoroso Luiz Antônio, aparecera ali, de surpresa, buscando sua cumplicidade para desenvolver uma embrionária idéia maluca. E, quase sempre, não perdia a oportunidade de gozá-la, ridicularizando o seu cuidado extremado com a coleção de artefatos indígenas. Ele gostava de provocá-la, atacando seus amados índios isolados na floresta amazônica. Xingava-os de decadentes e de estorvos. Quando a percebia exasperadíssima, ria prazerosamente. Pelo exagero, parecia evidente que tudo não devia passar de brincadeira. Ele também costumava pegar um estojo yanomami. Era indisfarçável seu fascínio por aquele estojo. Abria-o cuidadosamente e puxava uma ponta de flecha envenenada com yacoana para passá-la de leve na palma da mão, balbuciando "essa coisa deixa a pele da gente gostosamente anestesiada". Abigail escutara várias vezes ele lhe pedindo o estojo. "Por que você não me dá esse estojo com setas envenenadas?" "Primeiro porque você não gosta de índio. Segundo, porque foi presente de um amigo meu yanomami, lá da serra do Surucucu, em Roraima". Luiz Antônio dizia então, que ela e o Amadeu viviam se metendo na selva porque queriam exibir troféus indígenas. E pressionava "confessa, confessa!". Ela ria sem dizer nada porque não adiantava lançar qualquer argumento. Luiz Antônio sabia que Amadeu também tinha setas untadas com yacoana. Qual jornalista, antropólogo, sertanista ou qualquer outro catador de aventuras voltaria para casa sem uma recordação de sua experiência silvícola, hein? Sorriu. Virou-se na rede e recordou-se, por um instante, da tentativa dela e do Amadeu de conseguirem de um jovem pajé do Surucucu uma amostra de um misterioso veneno apelidado de "veneno de feitiço". O jovem pajé baixara as pálpebras e emudecera. Da yacoana, tudo bem, podiam saber tudo. Do veneno de feitiço, silêncio total. Mas se não confirmara, o índio também não negara o poder mitológico do veneno de matar à distância. E dentro da aldeia e no dorso da serra, os yanomamis cochichavam que bastava recolher o rastro da vítima para o veneno fazer efeito. O sorriso de Abigail sumiu.

Cismava. Como podia o editor prodígio de Eugênia Magalhães morrer assim, de repente, no auge da carreira sem qualquer doença aparente? Teria sido inveja dos preteridos? Como invejaram Luiz Antônio, por ter caído nas graças da toda-poderosa Eugênia, herdeira de uma parte da Mineradora Magalhães. Ela escolhera Luiz Antônio para ajudá-la a realizar o projeto de sua vida: a *Galáxia*. Um projeto arrojado em conteúdo e edição gráfica. E fora tudo tão rápido... Há um ano, a ricaça loura o promovera a diretor editorial. Muito justo! Afinal, Luiz Antônio correspondera às expectativas. E a herdeira, verdade seja dita, também surpreendera a todos com o seu faro extraordinário para comunicação e marketing. O lançamento da nova revista fora um sucesso. Mas, lá estava o mas... Havia os que diziam, debochadamente, que a maior habilidade do diretor editorial seria a de um bom gourmet. Gostosa ricaça!

Abigail acreditava piamente que nunca houvera qualquer fofoca envolvendo o seu nome e o de Luiz Antônio. Afinal, nunca dera motivos para a galera perceber sua intimidade com ele. Intimidade antiga, porque ambos conheceram-se estudantes de comunicação na mesma faculdade, no final da década de 1970. Ele se destacava por suas respostas brilhantes e atitudes insuportavelmente arrogantes. Mesmo assim, era charmoso. Arrogante e charmoso. Paradoxal, ambíguo! E... rejeitado pela turma. Despertara a atenção dela por ser um cara diferente. Entretanto, sem qualquer proximidade. Até que, numa tarde chuvosa, na Biblioteca Nacional, Marc Ferrez os fisgara. Ela se deliciava sobre o álbum *Brésil*, de autoria de Ferrez, quando Luiz Antônio se debruçara ao lado sussurrando. "Abigail, você também se amarra no Ferrez?" "Muito. Que sensibilidade... Olha só como retratou o Brasil no fim do século XIX e no início do XX... Adoro ele." Luiz Antônio abraçara-a pelos ombros e os dois passaram o resto da tarde agarrados e mergulhados nas fotos antigas de paisagens, gente e costumes brasileiros. Em 1985, ele a presenteara com o livro ilustrado *O Rio antigo* de Marc Ferrez. Três anos depois ela lhe daria *Escravos brasileiros do século XIX* na fotografia de Christiano Jr., outro belo trabalho. Amara. Mas não eram mais namorados. Haviam vivido uma paixonite de sexo intenso e divertido. Trepavam como se estivessem brincando, com gozo farto, sem complicações. Ela não fazia o tipo de praxe. Discreta, só afiava as garras libidinosas para seduzir o eleito da vez. O namoro acabara por causa de Pierre, um geofísico francês que chegara de Paris, já bastante familiarizado com o Brasil, pois estivera outras vezes no país e chegara a viver dez anos na Amazônia.

A merda toda acontecera quando Abigail viajara a Portugal para visitar a tia-avó, que lhe mandara a passagem porque não queria morrer sem rever a sobrinha-neta. Ao voltar, a bomba estourara. Luiz Antônio conversara com ela e confidenciara, sem maiores cerimônias, a homossexualidade enrustida. Não. Homossexualidade, não. Bissexualidade! Não lhe passava pela cabeça dispensar os orgasmos de uma mulher amada, dissera-lhe. Chocada, Abigail correra atrás de um psicanalista. Cancelara a consulta na última hora convencida de que seu problema era raiva pura e simples. Convencera-se de que o melhor remédio seria transar com uma mulher. Insinuara-se para uma amiga lésbica que morava no Posto 6, em Copacabana, e passara pelo constrangimento de se deitar pelada com a amiga pelada que a beijava e lambia-lhe o corpo e tocava-a, causando-lhe um baita mal-estar. Tesão mesmo, nem sombra. Empurrara a amiga, levantara-se pedindo desculpas, vestira-se a jato e saíra segurando a moral. "Perdoe-me, lembrei-me de um compromisso marcado para daqui a cinco minutos." Na rua, seguira a pé até a praia do Arpoador, sentara-se em uma pedra e chorara como uma bezerra desmamada. Berreiro eficaz. Ao enxugar a última lágrima, pensava no vestido que usaria para o programa fatídico. O ex-namorado convidara-a para um jantar a três, a fim de apresentá-la ao amigo geofísico.

Esse jantar tornara-se inesquecível. E Abigail se convencera de que havia coisas que só Luiz Antônio sabia produzir. Ele a nutrira de delicadezas deliciosas e o gay francês, um belo homem de 40 anos, não desmunhecara. Ficara encantada ouvindo-o contar, em português fluente, sobre a viagem que fizera à África do Sul, do seu trabalho no Cabo da Boa Esperança e no deserto de Karroo. Divertiram-se os três, projetando-se em Pangéia. Imaginando-se, 245 milhões de anos atrás, no gigantesco supercontinente que percorreu majestosamente o planeta por quase 50 milhões de anos, quando ainda não havia qualquer promessa de humanidade. Que viagem! Os três tinham brincado de se transportar no tempo para uma existência fantasticamente vagarosa. Uma existência que lhes permitisse perceber o movimento dos continentes se deslocando lentamente para se chocar e separar, desenhar e redesenhar a crosta terrestre, até Pangéia ser destruído pelas mesmas grandes forças subterrâneas que o criaram. Loucura total. Cada um conjecturara uma situação fictícia naquele apartamento em São Conrado. Entrara a madrugada e Abigail oferecera uma carona a Pierre, hospedado num hotel à beira-mar, na Glória, de frente para as pistas e os jardins do aterro, às margens da baía de Guanabara. Ele aceitara a carona. Ao se despedirem, a beijara na boca e lhe dissera ao ouvido "os continentes continuam a se deslocar porque flutuam". Ela rira, interrogando se os planetas, as estrelas, as galáxias também se deslocavam por flutuarem no universo, um universo também em movimento e quem sabe também redondo. Ele a instigara. "Estariam os buracos negros para o cosmo como as zonas de subducção na crosta oceânica estão para a Terra?" "Subducção?" "Sim. O fundo do mar se expande e em muitos lugares o solo oceânico mergulha para dentro do próprio planeta." Abigail adorava informações científicas e delírios metafísicos. Alguns dias depois, ela e Luiz Antônio abraçaram-se e beijaram-se nos lábios. Línguas contidas e indiferentes. Nunca mais fizeram sexo juntos. Mas a cumplicidade e a amorosidade entre os dois permaneceram imbatíveis.

O telefone tocou. Abigail levantou-se da rede e atendeu. Era Amadeu. Marcaram de encontrar-se num restaurante à beira-mar, no Leblon.

2

A pressão no crânio fez Amadeu sentir a cabeça repentinamente desproporcional ao pescoço. O olho direito latejou. Ergueu-se estirando a coluna vertebral. Havia aspirina forte em algum lugar. Remexeu a gaveta da mesa da cozinha e achou o ácido milagroso. Tinha que agir antes de a enxaqueca se instalar implacável. Mastigou um biscoito e engoliu dois comprimidos com um pouco de água tônica.

Ele chegara do Maranhão na véspera, largara a bagagem em casa e seguira direto para o apartamento de Luiz Antônio. Voltara e não conseguira dormir, só pegando no sono pela manhã. Acordara de supetão e correra para o cemitério, a tempo apenas de acompanhar o cortejo e ver o caixão baixando à sepultura. Não vira o cadáver. Era capaz de jurar que o morto, se pudesse se manifestar, preferiria ter sido cremado. Por que não o cremaram? A pergunta batucava na cabeça de Amadeu. Quando atendera o telefonema de Abigail, ele acabara de redigir a reportagem sobre a base brasileira de lançamentos espaciais em Alcântara. Entusiasmado, refletiu sobre o que escrevera. Do caralho! Era o Brasil de bunda para a Lua, a 2 graus ao sul da linha do Equador! Esta proximidade da base brasileira da inclinação máxima da Terra significaria um impulso extra para o lançamento de foguetes transportadores de satélites geoestacionários. Com a expansão da internet, porra... Do cacete! A indústria espacial era a que mais crescia no planeta. Amadeu retornou ao computador e enxugou o texto, colocando-o na medida certa. Com título, entretítulos, legendas e box destacando e explicando a localização privilegiada da base. Amadeu pautava, apurava, redigia e editava as próprias reportagens. Por isso e por ter experimentado a trabalheira braçal de uma época em que se escrevia em máquina mecânica, usando papel carbono para fazer cópias, bendizia o computador e a internet. E todos os avanços neste último ano do século. Era um otimista. Considerava-se um jornalista de sorte, por contar com Eugênia Magalhães a seu favor... E admirava a flexibilidade da dona da *Galáxia*, "voltada para o terceiro milênio", que topava pagar bem a profissionais soltos como ele, sem local e horários fixos, mas comprometidos com prazos de entrega e qualidade do trabalho.

Mulher arguta a Eugênia, raciocinou Amadeu. Claro, ela dava condições para que seus colaboradores trabalhassem com prazer e mantinha a produtividade em alta. Bolas! Bastava de Eugênia na cabeça. Amadeu pensou na viagem. Ele viajara com Adriano, um fotógrafo competente. Pena que só sabia falar de xota e meter o pau no governo. As coisas de sempre. Engajar-se para valer, fazer algo positivo? Nenhuma cogitação. Às vezes, dava no saco! Preferia trabalhar com Abigail. Eta mulher curiosa, atenta sô! Envolvia-se, apaixonava-se pelo que fazia. E tinha bom humor. Bom humor! A expressão facial do jornalista se alterou ao pensar na sua fotógrafa predileta, uma década mais jovem que ele.

Aos 47 de idade, Amadeu abandonara há sete anos o dia-a-dia das redações dos grandes jornais, para fugir da tensão de uma competitividade alucinante. Do mau estresse. Porque estresse era que nem colesterol. Tinha o predador e o protetor da circulação vital, repetira-lhe Paula várias vezes antes de querer se divorciar dele. Depois passara a acusá-lo de canalizar toda a energia para a carreira profissional, deixando-a sem homem na cama. Aí acontecera. Paula, a moça arquiteta de beleza delicada, de uma família tradicional carioca, despejara mágoa e rancor aos berros. "Você é um broxa dentro de casa e ainda vai me dar trabalho quando enfartar!" Aí Amadeu se convencera de que era um bosta como marido. Não conseguira superar a crise conjugal e evitar o divórcio. O fracasso no casamento levara-o a questionar suas ambições profissionais. Exercia a função de subeditor de um grande jornal, e daí? Para o caralho disputas de poder e cargos de chefia. Era um puta repórter de campo, premiado em temas nacionais e internacionais. Odiava disse-que-disse de gabinetes, porra! Surtara. Pedira férias atrasadas e ganhara uma passagem aérea para São Luiz. Cruzara, então, com Abigail em Alcântara. Não na base espacial, mas no centro histórico da velha cidade. Nas ruínas da igreja São Matias. De short, camiseta folgada e cabelos presos sob um boné, ela movia-se à vontade e sem pressa. E daí? Perguntara-se, observando-a. Apenas mais uma fotógrafa documentando prédios e ruínas dos séculos XVII e XVIII Não. Ele a havia flagrado num instante especial. Ela retratava o menino bandeireiro e as meninas bandeirinhas. Fotografava o cortejo das negras velhas vestidas de vermelho rufando as caixas de pau em louvor do Divino. Observara-a mais de perto e notara que as mãos, os braços e as pernas dela eram fortes e alongados. Falsa magra. Quase se esbarraram. Ela retirara o boné e os cabelos cacheados soltaram-se. Morena de estatura mediana, cabelos e olhos castanhos. Mulher comum. Não imaginara o poder que aquela mulher comum teria um dia sobre o seu destino.

Sentou-se de novo diante do computador, concentrou-se e fechou a matéria sobre a base espacial. Refletiu sobre a base de Alcântara com Adriano e a cidade de Alcântara com Abigail. O mesmo espaço, em tempos diferentes, transformara-se em mundos distintos. Em quantos mundos guardaria os minúsculos pedaços da própria existência? Para qual universo de mundos futuros sua história individual estaria rolando... de volta? Precisava dar uma relaxada para se comunicar melhor com a adorável mulher comum. Apagou a luz e deitou-se no sofá da sala-escritório. Não dormiria, queria descansar os olhos antes da chuveirada reanimadora no velho e espaçoso banheiro da sua casa de vila. Uma casinha muito agradável, que ficava numa rua tranqüila de Botafogo. Divorciado, retomara-a do inquilino, derrubara a parede da saleta com um dos quartos e montara a sala-escritório em L, com duas janelas luminosas. Paula tentara incluí-la na partilha, mas a casinha era bem de raiz, herdada por ele em testamento do tio solteirão. Não teve como. Ele curtia muito a vila e o quintalzinho da casa com um abacateiro imenso. Amadeu deu uma cochilada e despertou apressado, passando a mão no queixo. Precisava barbear-se antes do banho. Foi direto para o espelho. A enxaqueca parecia sob controle ou a ansiedade de se encontrar com Abigail tornara-se maior. De banho tomado, olhou-se novamente no espelho. O aspecto cansado havia melhorado. Escolheu uma roupa que o favorecesse e pegou a carteira de documentos e dinheiro. Fechou o portão do seu jardinzinho e andou pela ruazinha de paralelepípedos da vila. Espiou a rua São Clemente. O trânsito até que estava razoável. Fez sinal para um táxi e sentiu um leve descompasso no coração. Ainda não estava totalmente curado do estresse que o desequilibrara emocionalmente. O descompasso, ele sabia, era provocado pela emoção antecipada que precisaria travar quando estivesse junto de Abigail.

3

O restaurante no Leblon estava com pouco movimento. Abigail escolheu uma mesa de canto na varanda envidraçada do segundo andar. Um canto discreto, mas do qual se podia enxergar o mar. Pediu uma cerpinha ao garçom que se aproximou. Amadeu chegou logo depois e avistou-a com facilidade. Fitou aqueles olhos ainda inchados de chorar, beijou-a nos cabelos e sentou-se de frente para ela. Abigail encarou-o com um sorriso nervoso.

– Quer cerveja?

– Não, quero água·tônica. Se bobear com bebida alcóolica a enxaqueca me pega. Mas diga lá, o que aconteceu, baby?

– Você topa viajar comigo para Roraima?

– Podia ter respondido a essa pergunta por telefone. Estou grisalho, ficando careca, mas sem barriga. Não fujo da raia, viu? O que vamos fazer em Roraima?

– Amadeu, tem alguma coisa estranha na morte de Luiz Antônio... E tem a ver com a viagem dele a Roraima...

– Abigail, você está sofrida... Você está precisando viver esse luto. Não fique imaginando coisas.

– Ó Amadeu, acredite em mim. Há um mistério

na morte de Luiz Antônio. Ele me telefonou pouco antes de morrer dizendo que havia trazido uma preciosidade e me chamou ao apartamento dele para conversarmos sobre um furo de reportagem.

– Que preciosidade, baby? Que furo?

– Não sei, Amadeu.

– Ele não falou?

– Não. Queria falar pessoalmente. Toquei a campainha e como ninguém atendeu usei as chaves.

– Chaves?

– Do apartamento dele. Eu tenho as chaves... Ele me deu faz anos, para eu regar as plantas ou para socorrê-lo se algum dia precisasse. Coisa de Luiz Antônio.

– Não sabia que vocês eram tão íntimos, Abigail.

– Ninguém sabia. Só a Eugênia. Ele contou para ela. Era muita amizade, amizade especial de... de longo tempo. Estudamos juntos na faculdade.

– Por que nunca me contou?

– Pra quê?

– É.. fez bem. Estou sentindo ciúme dele, apesar de morto.

– Amadeu, pára com isso.

– Desculpe. Mas não estava brincando. Eu amo você.

– Então pára com isso.

– Está bem... Já parei. Mas você estava dizendo que usou as chaves.

– Foi. Na verdade a porta não estava trancada. Não cheguei a girar a chave, ela serviu apenas para destravar o trinco da maçaneta. Entrei, percorri o apartamento chamando por ele e nada. O aroma da colônia de banho que costumava usar estava lá. Sinal de que tinha acabado de sair. Deixei um bilhete brincalhão e desisti de esperá-lo para não criar constrangimentos, podia voltar acompanhado. Não sei por que, achei que voltaria acompanhado. Bati a porta e resolvi trancá-la com a papaiz e a chave comum. Uma brincadeira a mais...

O garçom se aproximou trazendo pastéis de catupiri. Amadeu devorou um pastel de olhos baixos, preocupado com a mulher perturbada diante dele. Rompeu o breve silêncio.

– Baby, o que essa história tem a ver com alguma coisa estranha?

– Quando cheguei em casa o telefone tocou. Era Maurício aos prantos me avisando que Luiz Antônio estava morto.

– Maurício?

– É, o garotão... Foi ele quem chamou a ambulância e acompanhou o Luiz Antônio até o pronto-socorro cardíaco. Foi tudo muito rápido. Parece que estavam tomando um suco de laranja no Fashion Mall...

– Então quer dizer que estavam praticamente ao lado do condomínio onde Luiz Antônio morava!?

– É. Não saíram do bairro. Não saíram de São Conrado. Foram a pé. Tinham ido ao shopping para tomar o suco. Eles conversavam normalmente quando Luiz Antônio teve o ataque repentino de falta de ar. Morreu ao dar entrada no CTI do hospital onde tentaram reanimá-lo.

– O que mais o garotão lhe contou?

– No velório, Maurício estava muito mal. Teve uma hora que se aproximou de mim balbuciando...

"Morte estranha, meu Deus." Eu ainda perguntei: "Por quê?" Ele respondeu: "Não quero falar nisso agora." Respeitei. Depois foi a Eugênia.

– Ela estranhou o quê?

– Nada. Ela é quem estava estranha. Me abraçou, nunca fizera isso antes.

– E o que tem demais nisso? Num velório quem nunca se abraçou acaba se abraçando.

– Eu a avisei que iria na *Galáxia* amanhã para conversar com ela. Eugênia fitou-me e não disse mais nada. Mas os olhos dela mudaram de expressão.

– E o que tem demais nisso? Você está me confundindo, Abigail. Uma preciosidade amazônica, um furo fantasma, uma pauta que não existe e uma morte súbita. Ainda não percebi evidência alguma para suas desconfianças. Um diretor editorial voltando de férias morreu antes de passar a pauta de uma reportagem que poderia ser um furo jornalístico. Isso não basta para caracterizar um assassinato.

– Fala baixo... Não falei em assassinato.

– Ainda. O que exatamente faz você desconfiar da morte de Luiz Antônio?

– Ele não era hipertenso, tinha colesterol legal, não fumava, fazia exercícios, voltava de uma viagem a passeio e estava alegre quando me telefonou. Como uma pessoa ótima de saúde puf... morre sem mais nem menos? E tem o comentário do Maurício...

– Pode ter sido um aneurisma, Abigail.

– Não foi aneurisma. Além do mais ele tinha uma história de gente longeva, tenho certeza que estava programado geneticamente para viver muito mais tempo.

– Qual foi a *causa mortis* no atestado de óbito?

– Insuficiência respiratória com parada cardíaca. Não quer dizer nada. Nada!

– Baby... relaxa, vai.

– Só depois de descobrir o que matou Luiz Antônio.

– Esta agora! Ir para Roraima... Amazônia! Como você vai convencer Eugênia a bancar uma viagem dessas, sem pauta?

– Invento uma, pronto. Descoberta de fóssil de um ser pré-histórico desconhecido que pode inspirar uma nova tese sobre a ocupação da América. Ah, qualquer coisa no gênero. E digo que Luiz Antônio me deu o nome de alguém em Roraima, contato quentíssimo, para desenvolver a pauta lá mesmo na região.

– Está bem, Abigail. Em Boa Vista a gente descobre os lugares percorridos por Luiz Antônio e as pessoas que estiveram com ele...

– Isso. Um homem alto, bem vestido, de barba, cabelos vermelhos e olhos azuis, jamais se tornaria invisível na terra de Macunaíma.

– Baby, você acredita mesmo que Eugênia vai se deixar enganar?

– Do que você tem medo, Amadeu? Mesmo sem fóssil não vai faltar matéria para uma reportagem exclusiva, seja qual for. Eugênia sabe... não há risco de voltarmos de mãos vazias. A dupla se garante, pombas!

– Não é isso... Sô! Deixa pra lá.

Abigail não queria falar da intuição, daquela coisa que nascera dentro dela durante o enterro. Não gostava de lidar com esse seu lado intuitivo. No entanto, admitia que por várias vezes metera os pés pelas mãos por se recusar a se render aos próprios pressentimentos. Convencera-se de que lhe bastava a mãe esotérica com pretensões a bruxa-madrinha. Arrepiara-se, porém, quando telefonara para Mara contando-lhe a morte misteriosa de Luiz Antônio e escutara "por que não volta ao apartamento dele, filha?". Abigail desviou o olhar de Amadeu e tornou a mergulhar na fala telefônica que sua memória gravara apenas algumas horas atrás. "Se tem pressentimentos, filha, corra atrás deles. Se não, para que servem?" Mesmo sem poderes para adivinhar a idéia fixa repentina da fotógrafa de voltar ao apartamento do morto, Amadeu captou e estranhou o comportamento da amiga. Ainda tentou desenvolver um pouco mais de conversa. Em vão. Ela parecia ausente da mesa.

– Abigaiiiillll! Onde você está?

– Oh, desculpa, Amadeu. Estou muito, muito cansada. Quero ir embora.

– Você realmente não está bem. Sô!

– Só estou precisando ir embora.

– Está bom, baby.

Despediram-se com um longo abraço. Cada um sentindo o corpo do outro sob as roupas. Sentiram-se quentes, o sangue borbulhando nas veias. Mas sem erotismo algum. Era um outro tipo de excitação.

4

Havia alguma luz na sala. Dava para perceber pela fresta ao rés do chão. Abigail prendeu a respiração e colou o ouvido na porta. Havia alguma ressonância na madeira, mas podia estar vindo de qualquer parte do prédio. Ressonância era ressonância. Tomou coragem. Enfiou a chave na fechadura da papaiz. Estava destrancada. De novo? Como? Ela própria a trancara! Sentiu um arrepio. Não, não se permitiria aterrorizar. Foi em frente. Pegou a outra chave e meteu-a na fechadura comum. Trancada! Uf... que alívio. Ela devia ter imaginado, na véspera, que havia trancado o apartamento com a papaiz. E não fizera isso. Pensara em fazer e não fizera. Ponto. Girou a chave comum, pressionou a maçaneta e empurrou a porta. No meio da sala à meia luz, um homem em pé, de braços abertos. Mesmo na penumbra dava para ver o rosto anguloso de maxilar largo.

– Pierre?

– Abigail? Pensei que fosse o Luiz Antônio chegando!

– Você ainda não sabe?

– Não sei o quê?

– Luiz Antônio está enterrado. Morreu ontem.

Pierre pareceu atônito num primeiro momento. Depois soltou uma gargalhada.

– Tá... Você o matou?

– Não estou brincando, Pierre.

– Então...

Ao perceber a fisionomia acabada de tristeza de Abigail, ele abraçou-a. E assim ficaram, apertados um no outro totalmente em silêncio. Peito auscultando peito. Os segundos passando, os corações disparados até conseguirem se acalmar.

– Como foi isso, Abigail?

– Ainda não entendi. Foi tudo muito de repente.

Ela contou toda a história e, antes de perguntar idiotamente como ele havia entrado no apartamento, deduziu que Luiz Antônio também dera uma cópia das chaves para Pierre.

– Pensei que estivesse em Paris. Quando chegou?

– No Brasil, há um dia e meio. Ontem estive aqui cedo... Como Luiz Antônio ainda não havia chegado da Amazônia, fui a São Paulo. Cheguei de volta ao Rio hoje de manhã.

– Hoje de manhã?

– Sim. E muito cansado. Não ouvi rádio, não li jornais nem vi televisão, deitei-me um pouco e acabei dormindo direto. Acordei intrigado. Telefonei para você, mas também ninguém atendeu.

– Devia estar no cemitério. Ele morreu ontem, no final da tarde, e foi enterrado hoje.

– Vim por causa dele. E para passar minhas férias nesta terra que me fascina. Luiz Antônio me escreveu da Amazônia contando que regressaria ao Rio trazendo coisas interessantes. Mas você tem razão. Que morte estranha. E esse Maurício, quem é?

– O que você foi fazer em São Paulo?

– Precisava ir na Unicamp...

– Na Unicamp, fazer o quê?

– Na verdade, nem fui. Alguma coisa inexplicável me impelia para cá. Dei uma rodada em São Paulo e acabei no aeroporto esperando amanhecer o dia. Mas você não me respondeu. Quem é esse Maurício?

Totalmente neurótica, Abigail começou a imaginar Pierre encontrando-se primeiro com Luiz Antônio e só depois viajando à noite, de ônibus, para São Paulo. Teria então regressado ao Rio de manhã, pela ponte aérea. Seria fácil checar. Pára. Páaaaara! Ela mesma identificou o delírio e o conteve. Por que Pierre faria isso? Abraçou o francês.

– Desculpe... Estou inconveniente. É o estresse. O Maurício é gente boa. Mas sumiu depois do enterro.

Pierre segurou-a pela cintura e a empurrou com delicadeza, o suficiente para fitá-la.

– Como sumiu?

– Ninguém sabe onde se meteu. Estou com sede, Pierre.

Foram até a cozinha. Abigail abriu a geladeira e pegou a jarra com água. Ao pousá-la sobre a mesa, lembrou-se. Cadê o bilhete que deixara na mesa, sob aquele pequeno estojo indígena cilíndrico de bambu, com tampa de couro de cobra? Lembrou-se até do que pensara. "Parece couro de cobra surucucu. Olha só, o Luiz Antônio trazendo também troféus da selva Amazônica. Quem diria. Será yacoana?" Pensara, mas não mexera em nada. Bem, o estojo estava ali. E o bilhete? Na véspera ela tocara a campainha, esperara, tudo quieto, pegara as chaves, constatara a fechadura destrancada, abrira a porta e... o barulho... "Luiz Antônio?" Nada. Acendera a luz do hall porque o dia começava a ficar escuro e vira a lagartixa correndo na parede da sala para se esconder atrás do quadro de Dalí. Tudo quieto de novo. "Luiz Antônio?" Nada, só a fragância de sua colônia de banho e a lagartixa.

– Pierre, você pegou meu bilhete? Eu deixei um bilhete aqui na mesa...

– Ah. Eu vi e guardei.

– Guardou?

– Botei lá na mesinha do quarto do Luiz Antônio. Aqui na cozinha alguém podia pegar.

– Quem?

– Ah. Você tem todo o direito de ficar triste. Chata, não! Pára com essa coisa desconexa... Está bem? E por que não pega esse estojo e o leva de suvenir para você?

Os olhos de Pierre tinham um brilho febril e suas mãos estavam muito quentes. Sentira o calor delas na sua cintura. O comportamento dele, entretanto, era exasperantemente racional. Abigail admirou o homem sem camisa diante dela. De movimentos longos, felino e musculoso. Tinha a flexibilidade e a leveza de um bailarino clássico. Desejável. Como era desejável! Esbanjando charme. Mexia com a libido de qualquer gênero, fêmeas e machos. E havia ainda aquele ar de mistério, a mente desafiadora, o geofísico estudioso. Que homem! Que raiva. Abigail quase morrera de raiva daquela relação de Pierre com Luiz Antônio. Ou de inveja? Ela mesma não sabia. Tampouco, se Eugênia era sabedora da transa dos dois. E se soubesse, qual seria a reação dela? Perguntava-se. Antes do garotão Maurício aparecer, Eugênia curtira umas trepadas com Luiz Antônio. A fotógrafa desviou o pensamento da dona da *Galáxia* para se desculpar com o francês.

– Tá. Você tem razão, Pierre. Vou para casa, estou chata mesmo.

– Quer dormir aqui?

– Não.

– Antes de ir, me diga, Abigail. Esse Maurício era algum caso de Luiz Antônio?

– Não. Luiz Antônio não era de casos...

– Fodiam?

– Luiz Antônio não era chegado a garotões. Você sabe disso. E jamais transaria com um namoradinho de Eugênia.

– Você está dizendo...

– Não devia ter dito. Durma bem, Pierre.

– Vou tentar. Posso dizer uma coisa... Abigail, sem magoar você?

– Magoar por quê? Diz logo.

– Você idealizava o Luiz Antônio.

– Não acho.

– Idealizava, sim. Não enxergava nem a arrogância nem o narcisismo dele...

– Por que está me dizendo isso?

– Porque ele não merece que você sofra tanto por ele.

– Pierre, é impressão minha ou você está mesmo querendo destruir a imagem de Luiz Antônio?

– Não estou querendo nada. E não se fala mais nisso.

Ao passar na portaria, João, o porteiro, aproximou-se dela e puxou assunto, dizendo-se abestalhado com a morte do diretor editorial da revista *Galáxia*. Comentou que Luiz Antônio parecia ótimo. Fizera até uma brincadeira ao passar por ele e seguira em frente, com um moreninho com pinta de artista, em direção ao shopping. João referiu-se ainda a "um sujeito", fazendo quase um retrato falado de Amadeu. Relatou que o cara, que se dissera jornalista, passara por lá. "Gozado, deve ter sido na hora que não agüentei o aperto e dei um pulo no banheiro. Por isso não vi ele entrar nem pude avisar de que não havia ninguém no apartamento." E tal e tal. Na verdade, João só vira o tal sujeito saindo do prédio. Abigail escutou o porteiro, distraída, sem parar de andar. Só pensava em chegar no Palio, virar a chave da ignição e dar a partida para cair na própria cama o mais rápido possível. Estava prestes a desabar.

5

A corrente de ar entrou pela porta de vidro aberta da sacada do quarto de Eugênia e estremeceu a seda pura, levíssima de sua camisola. Deitada nos lençóis macios cor de marfim, sem nada no corpo além da camisola, ela mexeu-se na cama e abriu as pernas ao vento para a seda se movimentar à vontade entre as coxas bem torneadas. O dia ainda não tinha amanhecido... Ao longe o estalo das matracas percutiu em seus ouvidos. Tec-tec-tec-tec. Os meninos matraqueiros pareciam agitar com mais força as pranchas de madeira e as argolas de ferro malhavam com maior insistência, chamando o povo para a procissão.

As semanas santas em Monte Santo, no coração da Bahia, nunca mais sairiam do subconsciente de Eugênia. Em muitas madrugadas ela ainda ouvia o murmurinho das rezas e as solas dos calçados de couro dos beatos, atritando as pedras da ruela de sua infância. E o que mais a agoniava era ouvir o uivo dos cães, aflitos com aquele lamento que se arrastava pelos arruados ao pé da serra sagrada. Via a mãe entrando no quarto, vestindo-a de negro e puxando-a pela mão para juntarem-se ao cortejo, que subiria a montanha em sacrifício de purificação ou em pagamento de graças celestes. Avistava a vizinha penitente da casa em frente se adiantando no caminho íngreme e tortuoso, deixando-se chicotear pela ventania da madrugada e equilibrando uma enorme pedra na cabeça. O que não era nada, comparado aos que subiam de joelhos se esfolando e ensangüentando o chão da escarpa. Subindo, subindo... mil e oitocentos metros em caminho de cabra para atingir o cume a quatrocentos metros de altitude. E o ataúde de madeira, carregado pelos romeiros que tinham ido buscá-lo na capela da Santa Cruz, no alto da serra? Ao chegar no pé da montanha alguém abria o ataúde forrado com tecido roxo e mostrava o corpo do homem, apenas com um pedaço de pano cobrindo-lhe o sexo, para a multidão que se comprimia na praça. Ah... O Senhor morto. O povo acotovelava-se para vê-lo, tocá-lo antes que ressuscitasse e subisse de vez aos céus. Eugênia menina espiava e deixava-se amassar pela multidão, paralisada de espanto.

O dia amanheceu e a lembrança do cadáver de Luiz Antônio transtornou Eugênia, mulher feita. Ele nunca mais a visitaria naquela mansão na avenida Niemeyer, para conversar sobre Jesus e o desaparecimento de Deus, pai nosso bíblico. Era a morte também dos intermináveis jogos de sedução. Luiz Antônio não prestava. Ele a excitava apenas para se divertir. E ela entrava no jogo, por diversão. Gostava disso e achava que o conhecia muito bem. Entregara-lhe o comando da *Galáxia* exatamente por isso. Por achar que o conhecia. Ou teria se enganado? O domínio psíquico que ele costumava exercer sobre as pessoas não lhe seria suficiente? Ele ambicionaria um outro tipo de poder? Por que mal disfarçara a irritação, quando ela elogiara Amadeu profissionalmente? Ciúme da competência do parceiro de Abigail, a fotógrafa que ele tanto admirava? Afinal, fazer parceria com Abigail era um privilégio. Como podia? Podia... Ela própria, a bela Eugênia toda poderosa... sentia ciúme da moça. Não. Não era ciúme. Invejava a invisibilidade da fotógrafa no mundo dos comuns! Titica fedida. Seria por que Abigail era capaz de se tornar visível e irresistível apenas quando desejava? Ao contrário dela, sempre iluminada com seus olhos verdes imensos e cabelos dourados, chamando atenção mesmo quando não queria? Titica. Titica. Titiiiicaaaa. Eugênia bramiu para as paredes. E continuou questionando-se. O que faria com sua paixão obsessiva? Por que Maurício sumiu? Onde se metera? E a fotógrafa talentosa estaria sabendo de alguma coisa? Precisava ter cuidado com ela. Abigail parecia desconfiada. A dona da *Galáxia* espreguiçou-se devagar, se recompôs interiormente e tocou uma tecla do aparelho telefônico na mesa-de-cabeceira. Pouco depois, uma jovem apareceu no quarto. Eugênia tirou a camisola deixando-a cair no chão. Sorriu para a moça, que retribuiu o sorriso dando-lhe bom dia.

– Hoje você preparou rápido o meu banho, menina.

– Espero que esteja de seu agrado. A água está morna e com bastante espuma. A senhora vai tomar a ducha fria em seguida?

– Vou. Mas pode ir. Hoje quero me vestir sozinha e vou escolher uma roupa que não precise passar. Avise lá embaixo que estou precisando apenas de um café com leite quentinho. Se perguntarem se estou louca, diga que estou triste. Eugênia Magalhães hoje está se sentindo uma mortal comum!

A jovem empregada espantou-se discretamente. Eugênia não era odiada como patroa. Ao contrário. Os empregados domésticos a adoravam. Contava com mais de dez. Seguranças, jardineiro, motorista, faxineira, lavadeira e passadeira de roupa, cozinheira, copeira, arrumadeira, mordomo. A roupa, por exemplo, tanto a pessoal como a da casa, devia ser trocada todos os dias. Mania de milionária, não tinha jeito.

Os primeiros diamantes da família de Eugênia vieram da segunda freguesia criada no alto sertão baiano, Mucugê, na Chapada Diamantina. Berço de seu avô José Magalhães, o maior diamantário no reduto do lendário Horácio de Matos, o último chefe de jagunços daquele território ainda semibárbaro. Jovem e destemido, José Magalhães comprava dos garimpeiros os diamantes que eram exportados para a Europa. Um de seus oito filhos, Eurico, pai de Eugênia, nascera com o faro de empreendedor para o mundo dos minérios. Tornara-se dono de empresas mineradoras de cassiterita na Amazônia. E a *Galáxia*? Eugênia acreditara que fazendo uma revista de qualidade, pautada em ciência, tecnologia, meio ambiente e cultura, estaria associando a imagem da empresa à preocupação com a evolução da humanidade e a saúde do planeta. Acertara. Seu interesse pragmático diluíra a má vontade do público com as mineradoras da família que, volta e meia, eram denunciadas por degradarem terras indígenas. Daí em diante, o pragmatismo transformara-se em entusiasmo pela causa ambiental. Resultado? Ela conseguira convencer Eurico Magalhães a desligar a *Galáxia* das mineradoras, tornando-a uma empresa à parte. Uma editora independente, à qual Eugênia passara a se dedicar totalmente. Durante a partilha do inventário do pai, seus quatro irmãos concordaram e ela ficou com a editora.

Eugênia passou um gel hidratante no corpo, cuidou do rosto com uma maquiagem levíssima, perfumou-se com suavidade, escolheu anéis e brincos de ouro e vestiu um terninho cor de cereja. Julgou-se adequadamente linda para trabalhar num dia como aquele. O motorista, a postos, olhou-a com veneração.

A redação da *Galáxia* funcionava numa casa cercada de árvores, numa rua próxima à Lagoa Rodrigo de Freitas. Exatamente como Eugênia idealizara, quando resolvera reformular a revista, incluindo a mudança da redação do prédio da sede da Mineradora Magalhães. Afinal, embora gostasse daquele andar inteiro, no edifício da Glória, com vista para o Pão de Açúcar e quase toda a baía da Guanabara, o tipo de espaço não tinha mais nada a ver com a concepção do funcionamento da nova revista. Seus repórteres escreveriam as matérias onde bem entendessem ou quisessem. Não haveria mais horários rígidos, mas compromisso total com os prazos. Na verdade, a idéia de levar a *Galáxia* para a casa da Lagoa tinha sido de Luiz Antônio, que ambicionava uma redação conectada ao ciberespaço. Então, para compensar as relações virtuais, Eugênia procurara humanizar ao máximo o espaço físico da revista, criando uma sede num local aconchegante e descontraído. Melhor dizendo, uma central estimulante. Ou como ela própria alardeava: abaixo o pudor! O negócio era escancarar o imenso prazer de ver as equipes de editoração eletrônica reunidas nos fechamentos das matérias, trabalhando *full-time* nos computadores. Com adrenalina informatizada na veia. "Dá-lhe!" Murmurava, nessas ocasiões, um Luiz Antônio excitado, aproximando-se dela.

Os imensos olhos verdes da empresária baiana faiscaram. Ela avistara Abigail numa espreguiçadeira de vime, num dos jardins cobertos da casa. Saltou do carro, disse algo para o motorista, e caminhou na direção da fotógrafa, que se levantou e foi ao seu encontro. Andando lado a lado, as duas foram direto para o segundo andar. Já na sua sala de trabalho, Eugênia sorriu, enfiou calmamente as pontas dos dedos na cabeleira de fios dourados e fez a pergunta óbvia.

– O que você quer falar comigo, Abigail?

– Eugênia...

– Seja objetiva, Abigail.

– Mais do que a morte?

– Calma. Desculpe...

– Antes de morrer, Luiz Antônio me telefonou e falou de uma pauta. Tem a ver com a descoberta do fóssil de um ser pré-histórico desconhecido na Amazônia e que pode inspirar uma nova tese sobre a ocupação da América. Não chegou a dar maiores detalhes, mas garantiu que se trata de um furo jornalístico...

– E o que você pretende fazer?

– Ir a Roraima com Amadeu para descobrir tudo. Não deve ser difícil levantar por onde Luiz Antônio andou. Um homem ruivo de olhos azuis, de barba, alto... no meio de gente morena e baixinha deve ser fácil de ser rastreado.

– Tem razão. Um homem ruivo de olhos azuis, de barba, alto... no meio de gente morena e baixinha deve ser fácil de ser rastreado. Mas não há nada mais parecido com a descrição de um ruivo alto de barba do que outro ruivo alto de barba. E aventureiros ruivos não são tão raros na Amazônia, Abigail.

– Mas Luiz Antônio tinha outras características que devem ser raras em aventureiros simplesmente ruivos. E ele chegou a me dar o nome de um contato...

– Vamos direto ao assunto, Abigail. Do que você desconfia?

– Está bem. A morte de Luiz Antônio não foi natural.

– Como você pode fazer uma afirmação dessas?

– Tenho minhas razões. E não adianta você me perguntar quais são. Mande-me com o Amadeu para a Amazônia que você vai obter a resposta.

– Você falou sobre isso com o Amadeu?

– Falei.

– Com quem mais?

– Com Mara, minha mãe. E com o Pierre!

– O Pierre? O Pierre não está na França?

– Não. Está no apartamento de Luiz Antônio.

– Então já sei o que vai ser melhor para você, Abigail.

– Vai me mandar com o Amadeu para Roraima?

– Não. Vou mandar exumar o corpo.

– O quê?

– O que você ouviu. Vou mandar exumar o corpo de Luiz Antônio.

– Como?

– Com o poder de dona da *Galáxia*.

– Mas sob que alegação?

– A história de vida de Luiz Antônio e a sua desconfiança. Tenho o Mota para isso.

– Mota? De quem você está falando, Eugênia?

– De um delegado amiguinho meu, que pode me orientar e ajudar em tudo o que for necessário.

– E a família de Luiz Antônio, o escândalo?

– Ninguém precisa saber. Já disse, o Mota pode arranjar tudo.

– Isso me parece loucura.

– Abigail, você quer ou não investigar a morte de Luiz Antônio?

– Sim. Mas não pensei em expor o corpo dele.

– Qual o problema de tirar o caixão do túmulo, abrir a tampa e pegar o corpo para fazer uma perícia científica sobre a verdadeira *causa mortis*, Abigail?

A fotógrafa fitou Eugênia e não teve boa impressão do olhar da dona da *Galáxia*. Ela desfocou os olhos verdes e pensou na família de Luiz Antônio, no Rio Grande do Sul. Os pais e a irmã tinham vindo para o enterro e retornariam ainda naquele dia para Porto Alegre. Para lhes dar um pouco de conforto, Eugênia fizera questão de hospedá-los, por conta da *Galáxia*, no Hotel Novo Mundo, no Flamengo. Kardecistas, estavam há anos longe do filho, embora se visitassem. Mostraram-se conformados com a sua "passagem". Acreditavam em reencarnação. Não quiseram ir ao apartamento em São Conrado. O irmão, Fabiano, que morava nos Estados Unidos e deveria vir ao Brasil por uns dias, iria cuidar do inventário. Abigail voltou à carga.

– E o Fabiano, Eugênia?

– Deixa isso comigo. Vou telefonar para ele e convencê-lo. Cientista que trabalha num laboratório de biotecnologia não vai se chocar com exumações e necropsias.

– Mesmo assim. Ele é o irmão.

– De Luiz Antônio? Mas estamos falando de um cadáver.

– Então para que investigar a causa do cadáver?

– Abigail... páaara. Não tenta me confundir. Quem provocou toda essa história foi você mesma, com as suas desconfianças.

De repente, Abigail teve um estalo. Eugênia estava com medo dela. Com medo dela estar desconfiada da morte de Luiz Antônio e ter comentado isso com outras pessoas. Estaria delirando? Ou não? Por que essa preocupação de Eugênia, tomando a iniciativa da exumação? Para demonstrar exatamente o oposto, que não tinha nada a temer? Para desarmar sua intenção de viajar com Amadeu para a Amazônia? Haveria realmente alguma coisa comprometedora em Roraima?

– Eugênia, tudo bem. Exumar o corpo... Mas independentemente da exumação, não seria legal eu ir com Amadeu para a Amazônia? Nós...

– Não. Primeiro vamos esperar o resultado da perícia.

– E o furo jornalístico?

– Abigail, existe uma afinidade entre nós: a inteligência. Não me subestime. Vamos esperar a exumação.

Os olhos de Abigail faiscaram. Se pudesse, dava um tranco na arrogância de Eugênia.

– Tá. Você é a dona da *Galáxia*.

– Sou. E gosto muito.

6

Fedor. As narinas de Abigail e as de Amadeu se impregnaram do fedor. O corpo fora enrolado numa esteira de cipó fininho e então, transportado para um local afastado na floresta. Ela fotografara aquele cadáver encestado no meio da mata, pendurado naquele tripé construído com três troncos finos. Preso lá no alto, infestado de moscas varejeiras. O zumbido delas e o cheiro da fermentação dos vermes eram alucinantes. Amadeu fizera perguntas ao irmão do morto, que explicara o ritual macabro. Só quando restasse apenas o esqueleto, totalmente limpo e seco, os ossos seriam recolhidos e levados para casa, onde seriam queimados e socados até virarem cinzas. Numa cerimônia especial, os parentes comeriam as cinzas do defunto misturadas com mingau de pupunha. Os yanomamis acreditavam que, dessa forma, ficariam para sempre com a essência do morto.

A exumação programada por Eugênia estava afligindo Abigail. Não era à toa, portanto, aquele *flashback* repentino da reportagem que fizera anos atrás, na serra do Surucucu. Não, não fora na serra do Surucucu, fora numa aldeia de índios yanomamis no Catrimani, também em Roraima. Impressionante. Mas naquele instante Abigail precisava de uma faca bem amolada. Queria as fatias finas e homogêneas. Onde estava a faca amolada? Claro, na gaveta de canto do armário da cozinha. Separada das outras. Ela pegou a faca e começou a cortar as beringelas. Untou um pirex com azeite virgem português e arrumou a primeira camada de fatias jogando em cima um pouquinho de alho picado, sal e manjerona. Mais azeite. Colocou a segunda camada. Ia salpicar o tempero... O interfone tocou.

– Dona Abigail, seu amigo chegou e está subindo.

Avisara o porteiro de que esperava um amigo. Tinha convidado Amadeu para almoçar e conversar sobre o resultado do encontro com Eugênia. Abigail lavou as mãos e as enxugou no avental. Escutou o elevador chegando e foi direto atender à porta, quando deparou com Pierre, de mala e cuia.

– Pierre?

– Estava esperando quem?

– O Amadeu.

– Não me convida para entrar?

– Claro. Desculpa... é a surpresa.

– Desagradável?

– Claro que não, Pierre. Entra, vai.

– Posso ficar uns dias aqui? Acho que não ficava bem continuar no apartamento de Luiz Antônio...

– Verdade. Imagina o Fabiano, irmão dele, te encontrando lá.

– E se eu vim passar as férias no Brasil, também não ia pegar bem voltar para a França correndo, não é?

– Ia parecer que estava fugindo.

– E ficar em hotel... não trouxe grana para isso.

No Rio de Janeiro, hotel seguro para qualquer gringo de boa aparência é muito caro. Mas eu posso botar umas roupas furrequinhas e sair carregando uma mochila velha malcheirosa nas costas.

– Deixa de conversa fiada. Quando eu for a Paris, onde eu vou me hospedar? Adivinha.

Os dois se abraçaram rindo. Sentiram-se agradavelmente leves. Era a primeira risada de verdade, após a notícia da morte de Luiz Antônio.

– Bota a mala no quarto de hóspedes e vem me ajudar a fazer o almoço.

– Quer dizer que você adivinhou que eu vinha almoçar?

– Não. Eu convidei o Amadeu para almoçar comigo.

– Ah.

– Ah, o quê?

– Abigail, ele vai morrer de ciúmes quando me encontrar aqui.

– Você não o conhece... O que sabe sobre Amadeu?

– Que vocês formam uma dupla dinâmica.

– Verdade.

– E Luiz Antônio me contou que Amadeu é apaixonado por você.

– Sei disso não.

– Oh, Abigail! Você sabe...

– Tá... Mas não é gostar, gostar... Ele tem tesão por mim. E não tem essa de eu ter que ficar disponível só porque alguém está com tesão. Minha generosidade não chega a esse ponto e a minha auto-estima está normal.

– Mas quando você sente tesão por alguém e não é correspondida, como se sente?

– Péssima.

– Tentar seduzir pode?

– Deve. Sem constranger.

– E quando você acha que o outro não está a fim e o outro está?

– Aí você perde um momento irrecuperável.

– Então não é melhor ficar disponível?

– Não. Prefiro correr o risco de perder uma transa do que banalizar o prazer de transar. Agora vai guardar a mala e vem me ajudar.

Abigail já tinha preparado coxas de frango sem pele, desossadas e sem gordura num molho especial de maracujá. Era mestre em improvisações na cozinha. O interfone tocou de novo quando ela fazia o arroz e Pierre arrumava a salada.

Amadeu trazia flores e sorria. Ao avistar o francês, disfarçou o desconforto de identificar o outro como um belo homem. E na maior intimidade com sua fotógrafa predileta. Sentiu uma baita ferroada. Ciúme doloroso... Sem alternativa, continuou disfarçando.

– Amadeu, esse é o Pierre, amigo de Luiz Antônio.

– Sei, geofísico...

– Muito prazer.

– Abigail me falou de você. Só não sabia que estava no Brasil. Nem que falava tão bem o português.

O francês achou graça.

– Obrigado, Amadeu. Mas tem o sotaque.

Abigail cortou a conversa mole.

– Agora que já se conhecem, acho que dá para falar com os dois o que tenho de falar.

Amadeu recebeu a segunda ferroada. Ele e Abigail tinham combinado almoçarem juntos na casa dela para terem privacidade. Queriam falar à vontade da conversa com a Eugênia, pela manhã, na *Galáxia*. Indignou-se. Como Abigail resolvera tratar do assunto na frente do francês? Traição! Novamente, disfarçou o que sentiu. Os três sentaram-se à mesa, enfeitada com as flores que ele colocara num jarro com água. A ansiedade pairava no ar. Abigail foi direto ao assunto.

– A Eugênia vai mandar exumar o corpo de Luiz Antônio.

Pierre reagiu de imediato.

– Não é possível! Por quê?

Amadeu o olhou de viés, com um sorrizinho venenoso despontando no canto dos lábios.

– Suspeita de assassinato, caro Pierre.

– Não é possível...

– É sim. Não é, baby?

O sarcasmo de Amadeu incomodou Abigail. E de uma forma tal que ela não se conteve.

– Por que você não me contou que esteve no prédio de Luiz Antônio no dia em que ele morreu?

– Do que você está falando?

– João, o porteiro do prédio, me disse que você esteve lá. Ou melhor, descreveu um sujeito igual a você. E só não o avisou de que não havia ninguém no apartamento porque não o viu entrando. Por que você não me contou?

– Sô! Porque você não me perguntou! Por que

eu falaria de um fato que eu acho irrelevante? Que é isso, Abigail? Não estou entendendo você.

Pierre levantou-se para pegar o suco de abacaxi com hortelã que fizera e colocara na geladeira. Abigail conteve a aspereza e retornou ao seu jeito meigo.

– Por favor, Pierre, pega também a água tônica para o Amadeu. É do que ele mais gosta.

– Quando estou com enxaqueca. Agora, prefiro o suco.

– Tá bom... Então, Pierre, não precisa pegar a água tônica.

Pierre sentou-se de novo à mesa e serviu-se de salada enquanto falava devagar.

– Exumação é quando há alguma suspeita. Sim... Por que e quem seria capaz de matar Luiz Antônio?

Amadeu deu outra risadinha, nervosa.

– Abigail, que foi a penúltima pessoa a falar com ele, não seria. Ela não o encontrou no apartamento...

– Pierre também esteve no apartamento. E você, Amadeu, também!

– Mas ninguém me viu entrando! Ou melhor, eu estive apenas no prédio.

Sem perceber, os três haviam baixado o tom de voz. Pierre sorriu e deixou escapar uma ponta de preocupação:

– Amadeu, Abigail, nós não temos nada a ver com a morte de Luiz Antônio. Ou será que algum de nós o matou? Eugênia disse que vai pedir a exumação. E daí?

Amadeu olhou para o geofísico pela primeira vez com simpatia e sem detectar a personalidade andrógina do francês. Ao contrário, dimensionou-o como um hetero exemplar.

– Você tem razão, Pierre. Já disse para Abigail não se envolver nessa história. Imagine que ela estava querendo ir comigo a Roraima para investigar...

A musculatura do rosto do francês se contraiu.

– Abigail está querendo ir a Roraima investigar... o quê, Amadeu?

Quem respondeu foi a própria Abigail.

– Eu queria ir com Amadeu a Roraima para investigar o que Luiz Antônio andou fazendo na Amazônia. Mas Eugênia cortou a possibilidade. Deixa pra lá. Vamos esperar a exumação.

Amadeu e Pierre se entreolharam. O francês sorveu um gole de suco de abacaxi com hortelã.

7

Puxados e de um castanho tão claro, quase amarelos, eram os olhos do delegado Mota, que mais pareciam olhos de gato do que de gente. Enxergariam no escuro? Mota subiu a Niemeyer, à noite, dirigindo seu Vectra para dar a notícia pessoalmente à dona da *Galáxia*. Cinqüentão, obcecado por grã-finas e histórias mórbidas, providenciara a exumação em tempo recorde. E tudo fora feito de forma discreta, para não chamar a atenção dos informantes de repórteres das páginas policiais. Chegou na mansão. Eugênia mandou prender os cães e o recebeu no seu escritório particular. Uma sala especial, aparelhada para vídeos e internet e com uma biblioteca tradicional de livros-fetiches. Dissimulado, o Mota! Espiou tudo ao redor antes de entregar a cópia do laudo à linda e impaciente mulher. Segundo a perícia, a *causa mortis* tinha sido envenenamento.

– Envenenamento, Mota?

– Assassinato, Eugênia!

– Descubra o assassino.

– Com prazer.

– Dá para investigar sem levantar suspeitas?

– Está falando de vazamento na mídia, Eugênia?

– Do que seria?

– Acredito que se deu para segurar até agora...

– Como conseguiu?

– Dei os primeiros passos com gente de total confiança. Depois, inventei uma boa história para o corpo de Luiz Antônio. Até segunda ordem era de Severino da Silva, operário de obra civil nordestino de ascendência holandesa. Esse tipo de perfil é frio, não interessa aos informantes. E quem vai tomar conta do caso sou eu. Faço questão, minha querida.

– Por que faz tanta questão?

– Porque eu conhecia Luiz Antônio e ele era seu amigo. Eu também sou seu amigo... Aliás, vocês formavam uma parceria muito interessante.

– Disso eu sei.

– E porque é um caso instigante, minha querida e poderosa Eugênia.

– Como assim?

– O envenenamento! O perito encontrou no sangue vestígios de uma substância com componentes que provocam asfixia. No sangue, veja bem. Não foi no estômago. Mas não havia ínfimo sinal de veia perfurada. Estranho e atraente, não?

– Pretende fazer investigações, tomar depoimentos?

– Sim.

– E não vai chamar atenção? Se é um caso sem importância por que estaria empenhado pessoalmente?

– Eugênia, ninguém vai saber disso, só você. E vou trabalhar fora da delegacia. Com sua ajuda, naturalmente.

– Ah. Farei o possível.

Mota apertou os olhos e demonstrou que estava encerrando a visita.

– Está tarde. Boa-noite, Eugênia.

– Boa-noite, Mota.

Mota deu a partida no carro em direção ao Leblon. Um motociclista de capacete azul e branco apareceu como por encanto na avenida Niemeyer e seguiu o mesmo caminho, mantendo uma distância razoável do Vectra do delegado. Usava botas e carregava uma mochila cinza, quase da cor da moto, bem presa no lugar do carona. Mota olhou pelo espelho retrovisor e fez um gesto, tocando por duas vezes a ponta do próprio queixo com o dedo indicador direito. Dirigiu um pouco mais e acabou estacionando o carro na garagem de um prédio da avenida Ataulfo de Paiva. Pegou o elevador para o oitavo andar. Alguns minutos depois, o motociclista da Niemeyer parou a moto ao lado do Vectra estacionado.

O delegado tinha uma irmã diplomada em psicologia. Chamava-se Dalva e assumira inicialmente a agência de detetives como simples testa-de-ferro. Surpreendera-o, demonstrando que abraçara sua verdadeira vocação. Tanto assim que saíra da sombra do irmão e ganhara luz própria. A agência ia de vento em popa sob sua gerência. E o nome? Fora ela que o escolhera: Agência Astral. Não expunha a clientela nem chamava a atenção para a especialidade do negócio: xeretar a vida alheia com implacáveis olheiros e que se centravam quase sempre nas desgraças de infidelidades conjugais, brigas de família e traições em empresas. Ou seja, relações sexuais, heranças e transações financeiras em caldeirões ferventes. E como xeretar era um serviço caro, que custava muito dinheiro... Dalva costumava dizer que quem buscava um detetive particular não tinha nada de coitado, no fundo estava querendo dominar uma situação para ganhar ou recuperar poder. Delegado Mota concordava. Ele admirava a irmã, que continuava se aprimorando no ofício. Vivia fazendo cursos de investigação, defesa pessoal, tiro, pilotagem de avião, fotografia, secretariado, teatro, tarô, numerologia e coisas do arco-da-velha. Tudo para atuar em qualquer circunstância. E especializara-se em treinar a garotada. Tinha uma equipe de motoqueiros formada por moças e rapazes espertos, fortes e ágeis, com pinta de qualquer coisa, menos de assistentes de detetive. Mesmo porque, o trabalho era em equipe. Eles levantavam todos os movimentos e contatos dos investigados e entregavam o material colhido, em relatórios, filmes e fitas com gravações. Tudo cheio de macetes. Os microgravadores, por exemplo, giravam numa rotação muito lenta, tornando a gravação ininteligível. Sua velocidade só se adaptava ao aparelho de Dalva. Sempre muito bem escondido. Além disso, a Astral possuía duas entradas, uma para a psicóloga-detetive e seus assistentes e outra para os clientes e funcionava em três salas, com um banheiro e uma pequena cozinha.

Depois de estacionar o Vectra e pegar o elevador, o delegado entrara na agência, àquela hora vazia, e fora direto para a sala de Dalva. Ahah... expressarase Mota com seus botões. A Astral não tinha nada a ver com a velha imagem do escritório-espelunca em um edifício pouco freqüentado, com corredores escuros e cheirando a mofo. Funcionava na avenida Ataulfo de Paiva, no Leblon, num prédio moderno e agitado pela clientela de suas lojas de informática, restaurantes, óticas, academias de ginástica, livrarias, escritórios de advocacia, consultórios médicos, dentários e astrológicos. Um endereço acima de qualquer suspeita. E, como gostava de repetir sempre, uma agência atualizada nos recursos de tecnologia disponíveis no mercado e acessíveis ao bolso. Claro. Por isso, em vésperas de se aposentar, ele aguardava ansiosamente a hora de largar a delegacia, na Barra da Tijuca, para se dedicar exclusivamente às investigações particulares, junto com a irmã. Mota sonhava com os dias futuros e refletia sobre os dias passados, andando de um lado para o outro na sala de Dalva. Se alguém estivesse observando, certamente se impressionaria com os lampejos de seus olhos amarelos sob o olhar arregalado de centenas de corujas. Afinal, a irmã não era tão perfeita assim. Ela colecionava esculturas e imitações dessas aves estrigiformes em diversos tamanhos e materiais. A estante estava cheia de corujas exóticas de todas as partes do mundo. A campainha tocou. Mota abriu a porta para o rapaz alto, moreno, de cabeça raspada contrastando com os olhos pestanudos. Conduziu-o para a sala de reuniões. Observou-o. Quase um metro e oitenta, magro, brinquinho na orelha e sorriso fácil. Carregava um capacete de motoqueiro e uma mochila. Braços malhados, mãos finas e rápidas. Quem o imaginaria como um exímio campaneiro e grampeiro? Chamava-se Estrela. Fora escolhido por Dalva quando Mota pedira um auxiliar especial para desvendar a misteriosa morte de Luiz Antônio.

– Estrela, você viu onde a grã-fina mora. Você vai farejar todos os passos dela durante os próximos dias. Mas cuidado, ela é muito observadora.

– Pode deixar. Troco de camisas e capacetes durante uma campana. E no trânsito só ando do lado direito. Sei me fazer invisível, doutor.

– E essa cabeça raspada não dá bandeira?

– Dá nada! Ajuda. Não é clichê de xereta. E dá para usar um aplique legal, boné...

– Ela tem seguranças e cães...

– Mas tem empregadas boas pra paquera, não tem?

– Tem.

– E tem a parafernália eletrônica, doutor. O que mais gosto de fazer é usar aparelhos sem fio e de longo alcance, para bisbilhotar sem ninguém perceber.

– A Dalva me disse que você é craque em clonagem de celular.

– É... Sei *queimar o chip* direitinho. Dei a dica e ela comprou de um contrabandista o receptor de banda larga que a gente precisava para acoplar ao laptop com o software para pegar o código de acesso mais o número de série e...

– Não precisa explicar. Dá para gravar as conversas em telefones celulares, é isso?

– Doutor, é muito mais fácil e seguro do que fazer grampo em telefonia fixa!

– Ótimo. Então, o mais difícil vai ser interpretar o significado exato das conversas e saber usá-lo... Fazendo conexões cerebrais lucrativas. Não é, Estrela?

Foi empatia à primeira vista. O mestre experiente e o aprendiz sintonizado em tecnologia tinham o que trocar. Riram descontraídos. Eles sabiam também que o temperamento carioca facilitaria as coisas. A informalidade das relações sociais entre patrões, empregados domésticos, porteiros, motoristas, garçons e manobreiros ajudaria a ação de um bom farejador profissional. Combinaram alguma coisa e Estrela se despediu de Mota com um forte aperto de mãos. O delegado bateu com o dedo indicador da mão direita, duas vezes, na ponta do queixo, trancou a porta e recomeçou a andar de um lado para o outro. Ficou por algum tempo ainda, sozinho, sob o olhar das corujas.

8

Abigail olhou o relógio e pulou da cama. Dormira mal. Ainda ouvia a voz de Eugênia ao telefone, às altas horas. "Sem comentários, Abigail. Não fale nome algum, escute apenas o resultado da necropsia: envenenamento." A dona da *Galáxia* avisara-a sobre a atuação do delegado Mota e a necessidade de discrição. A cabeça da fotógrafa estava a mil por hora. Deus do céu, sua intuição não falhara. Estivera certa o tempo todo. A morte de Luiz Antônio não fora natural. Morrera envenenado. Maurício, Pierre, Amadeu e ela, todos estavam sob suspeita. Cada um deles poderia ser o assassino. Ou os quatro juntos. Abigail chegou à janela e teve vontade de gritar para o mundo. Eugêniaaa fiiilha da puuutaaaaa! Ao pedir a exumação, a filha da puta criara um álibi. Era isso! E por que criara um álibi? Inquiria-se, Abigail. Teria sido a ricaça de olhos verdes a assassina de Luiz Antônio? Deus meu... seria isso mesmo? E por que não? Abigail convenceu-se de que precisava encontrar Maurício. O garotão fora a última pessoa vista em público com Luiz Antônio vivo. Ele estivera no enterro, conversara com ela e, depois, sumira. Devia ter ido direto para Angra dos Reis, porque tinha parentes na Ilha Grande! Por que ela não pensara nisso antes? Certamente o garotão Maurício estava na Ilha Grande. Evidente, o local podia ser usado como um ótimo refúgio.

Abigail conhecia bem o Maurício. Ele começara garoto, estagiando no laboratório da *Galáxia*, depois aprendera a fotografar e fora seu assistente. Costumava levá-lo para ajudá-la, quando trabalhava sem repórter. Viajaram juntos algumas vezes por esse Brasil adentro. Quase um menino. Bonito demais e com uma fotogenia espetacular. Havia feito alguns ensaios com ele e não se surpreendera quando o garotão virou modelo fotográfico de primeira grandeza. E a proposta? Abigail recordava-se. Maurício recebera uma proposta para posar para a capa de uma revista estrangeira fazia pouco tempo. Não iria abrir mão dessa proposta. Ele ia aparecer, ela tinha certeza disso. Inspirou fundo, suspendeu ligeiramente os ombros e baixou-os expelindo o ar pela boca. Ele ia aparecer, convencera-se. Ainda mais depois que sua mãe, a bruxinha Mara, a aconselhara a concentrar todas as suas forças mentais para contatá-lo. Abigail, obviamente, achara uma bobagem. Mas não se recusou a tentar. Não... não era possível, o celular estava tocando. Abigail atendeu.

– Abigail?

Aquela voz... Ela não acreditou na magia. Preferiu admitir a coincidência. Pura coincidência.

– Responde, Abigail!

– Maurício? Graças a Deus! Onde você está?

– Estou em Angra. Como vão as coisas?

– O corpo de Luiz Antônio foi exumado e periciado. O laudo da necropsia deu morte por envenenamento.

– Puta que pariu! Vai sobrar pra mim.

– Não vai, não. Você precisa voltar para o Rio.

– Ficou louca, Abigail?

– Se você não voltar, vão achar que você está fugindo...

– Você também acha que houve crime?

– Sim.

– Puta merda. Garotão, negro e repentinamente bem-sucedido... O crime vai sobrar pra mim, Abigail!

– Para não sobrar para você, precisa voltar, Maurício! Droga! Aqui a gente te protege, te defende. E além do mais, a Eugênia está aqui. Entendeu?

– Você acha que ela me defenderia?

– Eu acho que você é a única pessoa no mundo a quem ela defenderia de verdade. Volta logo, antes que comecem a te procurar. Você aqui vai ser apenas mais um entre os suspeitos. Somos todos suspeitos! Estamos todos na mesma merda.

– Mas o único negro, modelo e de origem pobre sou eu, porra!

– Volta, Maurício. Pelo amor de Deus, volta o mais rápido que puder.

A ligação acabou. Ouviu Mara na cozinha preparando o café. Bruxinha das boas, adivinhara os seus apuros e viera de Curitiba para lhe dar um pouco de colo. A mãe curtia o apartamento com vista para a floresta, que teria ficado apertado não tivesse Amadeu oferecido a casa dele, em Botafogo, para Pierre.

Abigail gostara da iniciativa do Amadeu. As duas ficaram mais à vontade para suas conjecturas.

Haviam conversado sobre o envolvimento da dona da *Galáxia* com o jovem modelo negro e especulado sobre a hipótese de Eugênia estar totalmente dependente dele. Poderosa, a milionária abrira a guarda para a libido e caíra numa armadilha química dos diabos. Fazer sexo com o garotão tinha o mesmo efeito de uma droga. Infernal. Eugênia tornara-se uma viciada crônica em Maurício. "Ela é capaz de qualquer coisa por causa dele", ressaltara Mara.

Era por aí mesmo. Eugênia nunca se importara com a cor ou o credo de seus namorados. Ao contrário, apreciava os contrastes. Mas tinha uma coisa, seus parceiros costumavam ser cultos, experientes, sedutores... Descartáveis também. E Maurício? Um menino imaturo. Seria por isso que, apesar de toda a química, não o assumia publicamente? Receio de se expor demais? Seria mesmo por aí? Ou haveria a possibilidade de ter se apaixonado? Huumm. Aí o resultado podia ser fatal. Química + emoção + vício = overdose.

Abigail sabia do caso porque o próprio garoto contara a ela pedindo-lhe segredo. Ninguém imaginava, nem a Eugênia, a ternura que existia entre Abigail e Maurício. Por qualquer bobagem ele dizia que a adorava, que era a melhor fotógrafa deste mundo e a pessoa em quem mais confiava nesta vida. Por que estaria o garotão com o Luiz Antônio naquela tarde? Por que o procurara? Essas perguntas ficaram pipocando nas bocas de Mara e de Abigail, sozinhas no apartamento de frente para a reserva florestal, no Horto.

9

Eugênia apertou a cabeça com as duas mãos. "Cadê o diamante?" repetiu em surdina, mais uma vez. O diamante sumira.

Luiz Antônio estava trazendo um diamante raro para Eugênia. Onde estaria o diamante? Ele a informara, por telefone, sobre esse diamante catado na cratera de um vulcão antiqüíssimo, extinto, na serra de Tepequém, a mil e quatrocentos metros de altitude. Uma serra isolada na orla noroeste das savanas de Roraima. A cratera, muito tempo atrás, atraíra uma multidão de garimpeiros que a esburacaram à cata de pedras preciosas. Explorada à exaustão, já nem constava mais da rota do garimpo lucrativo. Apenas uma meia dúzia de gatos pingados insistia em faiscar por lá. Então, Luiz Antônio estivera na região e telefonara de Boa Vista para Eugênia para lhe contar sobre sua aventura nessa tal serra de Tepequém, onde chegara de helicóptero e ficara fascinado com as belezas de origem vulcânica. Contara-lhe também que pousara no topo da serra onde fora abordado por um velho garimpeiro, que lhe vendera uma pedra, convencendo-o de que se tratava de um diamante raro. A aventura de Luiz Antônio em Tepequém e a história da pedra, que podia ser realmente um diamante raro, tinham deixado Eugênia animadíssima. Suas raízes da Chapada de Diamantina, no alto sertão baiano, afloraram. "Quero ver essa pedra... não se esqueça que sou neta de diamantário", quase gritara ao telefone. Deitado ao seu lado, Maurício esperara o fim do telefonema e brincara. "Eu também vou querer ver esse diamante!"

Eugênia sofria por desconfiar de Maurício. E se martirizava mais ainda levantando a hipótese de que Abigail estaria sabendo da existência e da história do diamante. Só isso explicaria a sua insistência em querer ir a Roraima. Eugênia achava que a fotógrafa precisava apenas de uma prova. E se chegasse a Roraima, chegaria a Tepequém e acabaria descobrindo e obtendo o depoimento do tal garimpeiro que vendera a pedra a Luiz Antônio. E aí, pronto, teria o que procurava para incriminar o garotão. A ricaça cismara que Abigail estaria atrás do motivo do crime para acusar Maurício como o criminoso. Autor do latrocínio! "Por que o idiota fugira?" Considerou-o uma besta. "O babaca passou recibo de que pode ser realmente o assassino." Eugênia se acalmou um pouco ao ponderar com ela mesma que o garoto, pelo menos, percebera a besteira a tempo e telefonara-lhe avisando que estava na Ilha Grande. Ela não lhe contara nada sobre a exumação para não apavorá-lo. Aconselhara-o, com ênfase, a telefonar imediatamente para a Abigail. "Por quê?", perguntara ele. "Cínico! Fale com ela e só depois me procure", dissera-lhe. A dona da *Galáxia* acreditava que dera um golpe de mestre apostando na exumação. E que, ao provocar o reaparecimento de Maurício, aconselhando-o a telefonar para Abigail, conseguiria mantê-la longe de Tepequém e de boca fechada. Nesse ponto, ela conhecia bem o caráter da fotógrafa. Sem provas, Abigail jamais forneceria motivos de suspeita ou acusaria alguém diante de uma autoridade policial. Ahah, disso Eugênia sabia, mas precisava administrar o Mota. Ah... como estava estressada aquela mulher linda, de cabelos dourados e imensos olhos verdes, que espelhavam a paixão compulsiva, o vício e a secura incontroláveis por Maurício. O garotão!

Os olhos de gato se fixaram no beija-flor que sugava a água açucarada na garrafinha pendurada na trave da varanda. Mara ofereceu uma limonada ao visitante. O delegado Mota pegou o copo e continuou de pé, voltando o olhar para a garrafinha que passou a ser disputada por dois caga-sebos trinando de alegria. Só desviou sua atenção dos passarinhos quando a mãe da fotógrafa pôs-se diante dele, fitando-o e parecendo desafiá-lo.

– O senhor suspeita de quê?

– Suspeito de tudo e de todos. Até da senhora...

Mara olhou mais fundo para dentro dos olhos de Mota. Não havia raiva neles. Sacou que se divertia com ela. Baixou as pálpebras e passou as mãos delicadamente nos próprios cabelos grisalhos, sedosos, presos na nuca por uma fivela. A voz saiu mansa.

– Faz bem. Eu tenho a receita de uma porção de venenos. Coloquei um maravilhoso aí na sua limonada para o senhor experimentar e me dar sua opinião.

Homem maduro, cansado de ser paparicado por

mulheres da alta roda noturna ou da raia miúda vespertina, deslumbrava-se com a ousadia daquela respeitável e bonitona senhora. Ia responder-lhe quando pressentiu a presença de Abigail. Inspirou disfarçadamente o perfume suave que se desprendia do corpo recém-banhado e considerou-o apetitoso. Mãe e filha o atraíam. Precisava ser mais cauteloso.

– Tudo bem, delegado Mota? – perguntou Abigail.

– Até o veneno começar a fazer efeito.

– Que veneno?

– O que sua mãe botou na minha limonada!

A brincadeira distendeu o clima na varanda. Abigail sentou-se num banco de madeira e apontou a poltrona de vime para ele.

– Obrigado. Prefiro ficar em pé. Não consigo ficar sentado, parado... Gosto de me movimentar o tempo todo. Neurose de um delegado.

Mara recolheu o copo de limonada vazio e foi para a cozinha. Abigail ficou na dela, quieta, observando-o. Mas foram poucos os segundos de silêncio.

– Você tem alguma opinião sobre o envenenamento de Luiz Antônio?

– Veja bem, delegado... eu sou fotógrafa. A realidade focada muda conforme a lente que a gente usa. Por opção técnica ou poética.

– Qual a lente que está usando agora?

– Nenhuma. Estou sem a minha máquina fotográfica...

– Deixou de ser fotógrafa?

– Não. O que eu ia lhe dizer é que não fotografei o envenenamento. E se o tivesse feito, teria registrado o que a lente teria visto. Apenas um detalhe ou todas as coisas juntas...

– Mas isso é o que acontece a olho nu! Depende de que distância observamos o objeto.

– Agora o senhor está entendendo o que eu quero dizer. E se Luiz Antônio estivesse vivo lhe diria mais ainda: o todo é a soma das partes, mas, nem sempre a soma das partes é o todo!

– Não me considere um ignorante. Isso é uma lei da física. E vou aplicá-la, minha queridinha.

O tom do delegado não agradou Abigail, principalmente por ela perceber que não conseguira irritá-lo. Mota não se importara nem um pouco com o fato dela ter sido arrogante, elegantemente arrogante com ele. Ao contrário, apreciou aquele tipo de duelo sem agressividade explícita. Já a fotógrafa, esforçava-se para suportá-lo. Ela necessitava daquela odiosa cumplicidade com ele. Na verdade, os dois eram impelidos por um mesmo sentimento: o de não deixar Eugênia fazê-los de idiotas. Mas de onde vinha aquele sentimento? Talvez da raiva, do constrangimento de reconhecer o grande fascínio que a grã-fina exercia sobre quem se aproximava dela.

Abigail resolveu se tornar mais simpática para o delegado.

– O senhor já esteve no apartamento de Luiz Antônio?

– Estive.

– Achou algum indício?

– Está tomando meu depoimento? O investigador sou eu...

Mota divertia-se com Abigail sem, contudo, subestimá-la. No fundo da alma ele percebia que a fotógrafa não lhe revelaria coisa alguma. A única maneira de a ter como aliada seria passar informações para ela e observar seu comportamento. Através dela chegaria ao todo. Ou a ela mesmo, se fosse a assassina. Muito esperto esse Mota. Só que estava se superestimando. A fotógrafa percebeu o jogo dele. Um jogo que também a interessava.

– Desculpe, mas sou curiosa por natureza.

– Eu achei um monte de impressões digitais de pessoas diferentes na maçaneta da porta, na geladeira... Quantas pessoas estiveram no apartamento de Luiz Antônio no dia em que ele morreu?

Num lampejo de memória Abigail ouviu novamente aquele barulho esquisito, viu a lagartixa correndo na parede e se viu percorrendo todo o apartamento de Luiz Antônio, menos o quartinho dos fundos, na área de serviço. Não inspecionara o quartinho dos fundos... E somente naquele momento, ali, diante do delegado e na sua varanda de frente para a reserva florestal, ela se dava conta disso. Poderia haver alguém escondido no quartinho dos fundos do apartamento de Luiz Antônio, quando ela lá esteve pela penúltima vez. E esse alguém teria que ter, também, uma cópia das chaves para poder escapulir, porque ao sair, ela trancara o apartamento. Ou não trancara? A dúvida permanecia. E o delegado continuava observando-a à espera de uma resposta precisa. Ela caiu em si e foi direta.

– Eu estive lá. Mas não vi nem encontrei ninguém, delegado Mota.

– Acredito. Você fez questão de deixar uma prova.

– O bilhete?

– Sim, o bilhete. Se tivesse algo a esconder não teria deixado o bilhete... Pode até usar como álibi.

– Posso.

– Por hoje, dou-me por satisfeito. A limonada estava ótima!

– O senhor é rápido.

– Não adianta perder tempo. Até breve.

– Quando quiser...

Abigail fechou a porta. Mota pareceu-lhe mais sabido do que aparentava. Mara reapareceu com cara de quem escutara toda a conversa e de que nada do que havia sido dito fora novidade para ela. Mãe e filha se entreolharam de uma forma estranha. Por que seria? Não deram qualquer pista. As duas passaram a conversar sobre a programação da tevê.

10

A vara comprida com um facão amarrado na ponta e um puçá preso logo abaixo funcionara. Pierre conseguira pegar um belo abacate com a geringonça e dava uma cheirada nele. Em seguida, o abriu ao meio, ali mesmo na sombra da árvore. Jogou o caroço na lata de lixo e foi para a cozinha incrementar a salada de alface com o fruto que levava nas mãos. Pierre era o rei das saladas. Adaptara-se à pequena casa de vila tirando proveito de todas as vantagens. Como a daquele quintalzinho com um abacateiro imenso. Fazia muito calor e Amadeu acabara de complementar uma pesquisa na internet para um texto que estava escrevendo. Entusiasmara-se com o feito de um grupo de cientistas brasileiros. O grupo havia concluído o seqüenciamento genético de uma bactéria desgraçada, que acabava com as plantações de laranja, o popular amarelinho.

– Pierre! O micróbio se fodeu! O Brasil entrou para o clube dos que sabem decifrar o DNA. Cara, é um feito inédito no Hemisfério Sul... Eta coisa boa para a auto-estima do país, sô!

Chegou na cozinha e ficou espiando o francês temperar o abacate.

– Está apetitoso.

Pierre soltou uma saborosa gargalhada.

– Você está falando do abacate?

– Te manca, cara. Está me estranhando?

– Está bem... Vou falar sério. E a Abigail, Amadeu, deu notícias?

– Depois do e-mail, contando que o delegado esteve na casa dela, sumiu. Deve estar fazendo algum trabalho fotográfico por aí. Ela é muito requisitada profissionalmente.

– Vai pra mesa, vamos comer.

– Oba, estou faminto.

– Você e Abigail estiveram juntos em Roraima?

– Várias vezes. Fizemos reportagens com os yanomamis do Catrimani, da Serra do Surucucu.

Amadeu sentou-se à mesa. Apreciou a travessa de peixe assado com batatas e a tijela de alface com abacate. Tudo regado com molhos especiais. Sonorizou um huuumm e sentiu a boca enchendo-se de saliva. Engoliu-a antes que começasse a babar.

– Que fome, sô!

Pierre se divertia com a gula do seu anfitrião. Sentia prazer em cozinhar e aproveitava para retribuir a hospedagem. Esperou o esfomeado deglutir a primeira garfada para continuar o assunto que o interessava.

– Eu vi essas reportagens publicadas. Luiz Antônio me mostrou. Vocês também fizeram uma sobre o garimpo de diamantes...

– Foi. É uma história interessante porque Roraima emergiu no mapa brasileiro por causa dos diamantes. A bacia diamantífera na cratera de Tepequém, por exemplo, foi descoberta por um guianense em 1937, mas a grande invasão de garimpeiros aconteceu no fim da década de 1950 até o início dos anos 60. Muito diamante... As pedras eram contrabandeadas diretamente para a 5ª Avenida, em Nova Iorque.

– Na década de 1980 houve um outro *boom* de garimpo na região. Foi até assunto de reportagens em revistas européias...

Sem saber que havia alguns anos Pierre vivera uma longa temporada na Amazônia, Amadeu admirou-se com o interesse e o conhecimento do geofísico sobre a região.

– É verdade, ó francês. Garimpos de cassiterita e de ouro foram um grande tema no final da década de 1980 aqui no Brasil também. E a coisa estourou nas revistas estrangeiras porque houve muita briga com índios.

– Sei, Amadeu. Os garimpeiros descobriram os veios, invadiram as áreas, criaram os conflitos, foram expulsos e deixaram o caminho aberto e limpo para as mineradoras... que entraram de boazinhas respeitando o direito dos índios.

– Pagando. A diferença é que dá para se cobrar das mineradoras pelas cagadas que cometem. Os garimpeiros não têm consciência nem responsabilidade de nada. São simplesmente predadores.

– E uns pobres coitados porque, nessa barbaridade, são os únicos que não enriquecem...

– Também... Quando ganham dinheiro, em vez de mudar de vida, gastam tudo e depois procuram outro lugar para garimpar. Garimpo é vício, Pierre.

– E a mineradora da Eugênia?

– Da família...

– Vá lá, a Mineradora Magalhães?

– É uma empresa capitalista correta, que vê relação de custo-benefício na preservação do meio ambiente, no investimento social... Ela banca um projeto de educação e saúde para explorar a cassiterita no território de uma aldeia indígena waimiriatroari e paga *royalties* aos índios. Já é alguma coisa, Pierre.

– Está certo. E você e a Abigail, já foderam?

– Não é uma pergunta elegante.

– Eu sou francês, moro em Paris... posso ser indiscreto porque não tenho para quem contar.

Os dois se encararam e afrouxaram as bocas deixando escapar um fiapo de sorriso malicioso.

– E você, fodeu com Abigail, senhor francês?

– Não.

– Gostei da firmeza, Pierre. Não vou mais sentir ciúmes.

– Oh... Ciúmes de mim com Abigail? Ela é uma mulher maravilhosa. Tenho o maior tesão nela, mas a gente nunca fodeu por causa do Luiz Antônio.

– Como assim?

– Eu e Luiz Antônio fomos amantes.

Amadeu engasgou. Largou os talheres. O rosto avermelhou e não sabia o que fazer com as mãos. Tomou um gole de água tônica, outro. Não conseguia olhar para Pierre.

– Calma, Amadeu. O que mudou?

– Hospedei um veado na minha casa!

– Não sou veado.

– Mas foi amante de Luiz Antônio!

– Nada a ver com preferência sexual. Por ele ser homem... Eu me amarrava na pessoa dele. Sexo masculino? E daí? Luiz Antônio me atraía e ele se sentia atraído por mim. Enquanto durou, foi muito agradável nossa relação.

– Como é que eu não desconfiei?

– Desconfiar de quê? Minha preferência é pelo gênero humano...

– Bissexual?

– Qual é o problema? Não há risco de você passar por qualquer constrangimento. Não tenho tesão em você. Para falar a verdade, meu tesão no momento é Abigail. Dá para entender?

– Não. Não dá para entender.

– Quer que eu saia de sua casa? Não o imaginava tão machista.

– Não sou machista!

– Está bem. Não é um machista. É um conservador. Quer que eu me mude de sua casa?

– Não precisa. Sou contra preconceitos.

– Está reabilitado.

Olharam-se de esguelha e sorriram aliviados. Amadeu resolvera o problema lançando uma dúvida para ele mesmo. O geofísico era veado ou apenas quis testar sua tolerância? Com a dúvida dentro dele, Amadeu optou por uma outra questão. A sexualidade do francês efetivamente não era um problema, mas a investida do delegado Mota podia ser. O cachorro da vizinha latiu. Havia alguém chegando no portão. Pensando no diabo... Seria ele? Não era. Amadeu sentiu um alívio e uma vontade danada de sair, caminhar um pouco. Onde, com aquele calorão? Escolheu o Jardim Botânico e até convidou Pierre, que agradeceu e não foi junto porque tinha um outro compromisso. Amadeu passeou a tarde inteira no Jardim Botânico sem conseguir impedir que uma indagaçãozinha germinasse dentro dele. "Será que o francês é mesmo veado?" Mas não foi além disso. Lá no fundo, a maior preocupação do jornalista era a de dar mole para um outro cara, o delegado Mota.

11

A gravação da conversa de Abigail com Maurício estava sendo repassada mais uma vez na Agência Astral. Trancados na sala das corujas, Dalva e Mota analisavam o diálogo entre a fotógrafa e o jovem modelo negro.

– Mota, o garoto está com muito medo e parece sincero.

– Mas para mim, a informação relevante nessa conversa é a Abigail dizendo que o Maurício é a única pessoa a quem Eugênia defenderia de verdade.

O celular do delegado tocou. Era Estrela.

– Doutor, um bonitão de trancinhas afro acabou de entrar na mansão da Niemeyer. Poxa, o cara é rei. Os seguranças o trataram com a maior deferência...

– Obrigado, Estrela. Estou indo. Onde você está exatamente? Eu quero escutar o papo dos pombinhos antes de qualquer coisa. Entendido?

– Entendido, doutor. Estou com o receptor dentro do alcance. Anote minha posição...

As pontas dos dedos de Eugênia conferiam a escultura vagarosamente. Talhada sob medida... sem exagero de músculos, rígida e suave. Ela tateava de olhos fechados todos os cantos e recantos do corpo de Maurício. Ele gostava daquilo. Daquela carícia minuciosa eletrizando a pele, acelerando a corrente sangüínea, acionando uma usina de prazeres. Nas fodas com Eugênia, não havia acrobacias. Havia alta-tensão.

Eugênia e Maurício enxergaram-se pela primeira vez na *Galáxia*. Luiz Antônio havia chamado o garotão para acompanhar a edição, no computador, das suas primeiras fotos como modelo fotográfico. Ela estava por lá e resolvera que também acompanharia a edição. Chegara-se aos dois e seus cabelos dourados ficaram bem próximos à cabeleira afro. Ela o apreciara discretamente, sem demonstrar quaisquer intenções, além do interesse de cativar o público de sua revista com um exemplar de beleza masculina. Ponto. "Como é seu nome?" A pergunta, aparentemente, fora feita por simples diplomacia. "Maurício." Aí, não dera para segurar. Mesmo sem se conhecerem, olharam-se com uma intimidade perturbadora. Eugênia sentira o latejo na xota e imediatamente inventara a história de que receberia um amigo estilista, o que seria uma boa oportunidade de apresentá-lo etc. e tal. Por um momento, até julgara-se ridícula, "estaria caindo na vulgaridade?", mas o latejo continuara, fazendo-a desistir de pensar. Não, ela não o perderia. Luiz Antônio divertira-se escancaradamente sacando a situação de atração fatal diante dele. No final do expediente, insinuara-se como cúmplice oferecendo uma carona para Maurício até a mansão da dona da *Galáxia*. Em casa, Eugênia resolvera resgatar a dignidade acabando com a farsa. "Não tem estilista algum. Só quero conhecer você melhor." Maurício não se intimidara. "Tudo bem." Contara-lhe que era filho e neto de pescadores. Que estava aprendendo inglês com facilidade porque na infância vendera muito peixe para os gringos que passeavam de iate em Angra dos Reis. Que... Eugênia o interrompera e lhe perguntara se já havia tomado banho de espuma em banheira de hidromassagem. "Não? Vou preparar um para você." Preparara o banho para ele, chamara-o. "Pode se despir que a água está ótima" e saíra do aposento com chão de pedras cor de chá e sem paredes, contíguo ao quarto dela de piso de tábuas corridas. Voltara nua sob o roupão e metera-se também na banheirona. Maurício tentara abraçá-la com delicadeza. Ela o repelira carinhosamente: "Não, o banho é para relaxar, gerar novas energias." O olhar dele se desestabilizara por um instante no meio da espuma. Sentiram-se próximos, tocando-se de leve ao balanço da água morna e perfumada. Massageadora. Mesmo explicitamente excitado, ele entrara no jogo e não a agarrara. Ficaram imersos assim durante minutos incontáveis, até ela sair da banheira, vestir de novo o roupão e caminhar em direção ao cabide onde deixara a toalha. "Saia, venha cá para eu enxugá-lo." Ele obedecera. A espuma deslizando no abdome molhado. O movimento cadenciado dos quadris evidenciando o tônus da região pélvica. Como era jovem e inocente! Ela jogara-lhe a toalha e ele a segurara no ar. Bom de reflexo e de elasticidade. Ela perguntara-lhe. "Sabe usar bem uma camisinha?" Fora deliciosamente sincero. "Não tenho muita prática." Ela, incisiva... "Vou ensinar tudo a você."

Eugênia abriu os olhos e paralisou os dedos sobre o umbigo de Maurício. Estavam deitados na cama com o céu estrelado no ângulo de visão deles. O cheiro de maresia invadia o quarto.

– Meu bem, por que você matou o Luiz Antônio?

O corpo do rapaz estremeceu e ele saltou de cima dos lençóis, pondo-se de pé no meio do quarto. Os olhos brilhando intensamente. Uma fera acuada.

– Você enlouqueceu, Eugênia?

– Meu bem, para mim você pode confessar. Por que você fez essa babaquice?

– Porra, Eugênia. Pára com isso!

– Pára com isso, você. Acha que eu sou alguma imbecil? Eu só quero que você me diga, com todas as letras, o motivo. Diz, diz por que você matou o Luiz Antônio.

– Eugênia, por que você está querendo jogar essa culpa em cima de mim?

– Não estou querendo jogar culpa alguma. Só quero que você confesse o crime para mim.

– Porra! Porra! Pooooorrraaaaaa! Eu não matei ninguém!

– Meu bem, calma. Não vou entregar você. Mas não admito que você me faça de trouxa.

– Não estou fazendo você de trouxa. Eugênia, eu não matei. Não sou assassino. Dá pra entender?

– Então por que fugiu? E se não foi você, quem foi?

– Não fugi. Fiquei chocado com a morte dele. Eu gostava muito dele. Por que o mataria?

– Para roubar o diamante, Maurício.

– Que diamante?

– Não se faça de bobo porque você ouviu minha conversa com Luiz Antônio. Você estava ao meu lado quando ele telefonou da Amazônia contando sobre o diamante...

– Ah, sim. A tal pedra preciosa que ele trouxe da cratera de um vulcão extinto.

– De Tepequém...

– E daí? Eugênia pensa bem. Eu me liguei porque a história da pedra é genial. Não sou ladrão. E o que eu faria com um diamante, uma pedra rara, sei lá? Vender? Para quem eu venderia sem levantar suspeitas? Por que estragaria a minha vida num momento em que tudo está dando certo? Olha dentro do meu olho, Eugênia! Você acha realmente que por uma pedra preciosa eu mataria o Luiz Antônio?

– O que você foi fazer lá?

– Fui pagar o que devia a ele.

– Como assim, meu bem?

– Ele tinha me emprestado uma grana para eu comprar uma minicâmera de vídeo, uma *Hand Cam Eye Vision.*

– Por que você não pediu para mim?

– Você seria a última pessoa a quem eu pediria dinheiro, Eugênia.

– Até aí, meu bem, só demonstrou que me conhece realmente. Odeio ser explorada. E odeio mais ainda ser enganada. O que você foi fazer lá, Maurício?

– Eu não quero mais saber de você. Puta! Eu endeusava você. Puta!

Eugênia assustou-se. Caiu em si e enxergou o garoto totalmente desfigurado. Ela levantou-se da cama e tentou abraçá-lo. Ele a empurrou.

– Não chega perto de mim. Estou com nojo de você. Puta! Você tava achando que eu matei o Luiz Antônio e mesmo assim tava se deliciando comigo. Puta! Cachorra! Pra você sexo e orgasmo estão acima de qualquer coisa na vida. Cadela!

– Sexo e orgasmo, não... Sexo e orgasmo com você! É você que me deixa doida. Eu preciso... eu respiro você! Será que não entende, filho-da-puta?

– Não sou filho-da-puta. A puta é você!

Pela primeira vez, Maurício a viu chorando. Ele esmurrou a cama. Esmurrou a cama o quanto pôde, batendo na própria vontade de chorar também. Controlou-se e juntou suas roupas.

O telefone tocou ao lado, na mesa-de-cabeceira. Ligação interna. Eugênia se recompôs e atendeu. Era o segurança avisando que o delegado Mota desejava falar com ela.

– Passe a ligação dele para mim.

– A senhora não entendeu. Ele está na porta, querendo entrar...

– A esta hora? São onze da noite!

– Eu disse que a senhora já tinha se recolhido, mas ele insistiu para que eu a chamasse.

– Esta insistência não deve ser à toa...

– O que eu faço, dona Eugênia?

– Manda ele entrar. É a melhor forma da gente se livrar dele.

– Fique tranqüila. Vou mandar entrar e dizer para aguardá-la. Onde?

– No meu escritório.

Eugênia desligou o aparelho e virou-se para Maurício.

– É o Mota. Vou me arrumar para atendê-lo e despachá-lo. Dá para você esperar? Por favor, espere um pouco, meu bem.

Os olhos quase amarelos de Mota fixaram-se nos de Eugênia. Apesar de todo o abatimento, a mulher surgira soberba no escritório. Vestira-se de uma forma bem despojada, demonstrando que já havia encerrado os compromissos sociais do dia. Sem perder a pose.

– Boa-noite, Mota. O que aconteceu para me visitar a esta hora?

– Boa-noite, Eugênia. Mas eu gostaria que o Maurício também participasse de nossa conversa. Pode chamá-lo?

Mota imaginou que a pegaria de surpresa. Não sabia que Eugênia era safa em situações de emboscada.

– Você não precisava ter ficado de tocaia... Era só ter me dito que queria conversar comigo e com o Maurício e tudo bem. Qual o problema?

– Pensei que negaria o caso...

– Que caso?

– Seu envolvimento com o garoto, minha querida.

– De que envolvimento está falando? De que ele freqüenta a minha casa? Sim. Freqüenta como meu convidado.

– Desculpe. Vou respeitar sua privacidade.

– Vou chamar o Maurício e providenciar uma bebida para nós.

– Não bebo em...

– Estou falando de suco de frutas, meu querido. Vou mandar a copeira fazer um de carambola. Gosta de suco de carambola?

Mota não se agüentou e riu. Mulher danada!

– Gosto de tudo que vem de você.

Quando Maurício apareceu na biblioteca, o delegado o cumprimentou com naturalidade.

– Como vai? Você é que estava com o Luiz Antônio quando ele morreu, certo?

– Certo.

– O porteiro viu você chegando?

– Viu.

– E viu vocês saindo?

– Viu, delegado. Ele estava na portaria.

– O suco de laranja estava gelado?

– Suco? Ah. O suco que pedimos na lanchonete? Não chegamos a tomar. O Luiz Antônio passou mal antes do suco ficar pronto.

– Por que foi ao apartamento de Luiz Antônio?

– Para pagar uma dívida...

– E pagou em cheque.

– Foi, delegado.

– Você o acompanhou na ambulância do pronto-socorro cardíaco. Uma funcionária do pronto-socorro entregou a você todos os pertences dele; carteira de documentos, dinheiro, chaves...

– Foi.

– Quando comunicaram a morte de Luiz Antônio, você aproveitou que estava com as chaves e deu um pulo no apartamento para pegar o cheque de volta...

– Não. Que absurdo! Eu não saí do hospital até a Abigail chegar lá e aí entreguei tudo para ela, inclusive as chaves. O cheque continua lá no apartamento.

– Muito bem. Pode ficar tranqüilo. Tudo o que você disse bateu com o que eu já havia apurado. O cheque está na gaveta de um pequeno armário da sala do apartamento de Luiz Antônio. A história no pronto-socorro está coerente com o que eu colhi por lá. E os documentos e a chaves, continuam com a Abigail? Ela não tocou no assunto.

Eugênia entrou na conversa.

– Ela entregou tudo para mim, para eu entregar à família dele. As chaves... Mota, eu mesma as coloquei nas suas mãos. Quando entrou no caso, eu disse que as chaves estavam comigo e as entreguei a você. Perdeu a memória, meu querido delegado?

– Tem razão. Mas pensei que fossem suas Eugênia. Você não me disse que eram as chaves do morto.

– Eram.

– Mas isso não tem muita importância. O que me intriga é o fato de ter pedido a exumação sabendo que, se houvesse a confirmação de qualquer indício de homicídio, o suspeito número 1 seria o Maurício.

– Não é bem assim, Mota.

– Por hoje chega, Eugênia. Ótima noite. E você, garoto, fica frio. Para mim, você não é o suspeito número 1.

12

De pé, bem aprumada, Abigail encostou o queixo no peito, esticou os braços para baixo e deixou a cabeça cair devagarzinho, em direção ao chão de lajotas. Da primeira vez as mãos alcançaram as canelas. Da segunda, com a coluna vertebral mais flexível, as mãos tocaram na lajota, sólida e fresca. Aquele exercício leve de alongamento lhe dava uma sensação muito agradável. Ainda mais de manhãzinha, respirando a mata antes da poluição sonora do trânsito na rua, dos motores das máquinas domésticas do prédio e da serra elétrica de uma construção próxima. A um metro dela, Mara terminava a meditação.

– A melhor coisa deste apartamento, filha, é esta varanda.

Abigail concordou sorrindo e continuou a se alongar em outros tipos de exercícios. Quando Maurício chegou, elas ainda estavam na varanda. Mara foi quem atendeu o interfone e abriu a porta.

A fotógrafa interrompeu o alongamento para abraçá-lo.

– Que bom você estar aqui. Também não precisava ter madrugado. Puseram você para fora da cama?

Maurício relatou parte da noite passada na casa de Eugênia. Não dava para disfarçar a depressão.

Mas não falou da baixaria de Eugênia, acusando-o de matar Luiz Antônio por causa do diamante. Será que Abigail sabia do diamante?

– Então o delegado Mota flagrou vocês?!

– Flagrou, Abigail. Acho que ele ficou de tocaia na casa de Eugênia até eu aparecer por lá. Como ele desconfiou da transa entre mim e ela?

– Eugênia subestima esse delegado. Parece que o cara adora o convívio com a elite social e ela pensa que o tem nas mãos por acreditar que ele não arriscaria perder esse convívio. Mas o Mota é policial por vocação. Na hora agá não resiste a uma investigação pra valer.

– Certo... Só que Eugênia e eu sempre tivemos o maior cuidado. A gente nem conversa lá na *Galáxia*. Não chego perto dela e evito até olhar para ela, quando estamos lá.

– Ainda bem. Se isso acontecesse, a turma perceberia o que estava rolando.

– Eu sei... Não dá para disfarçar intimidade. Pensamento e sentimento escapam pelo olhar. E quando se procura disfarçar, está se disfarçando o que o olhar já denunciou...

– Está falando bonito à toa. Ah... desculpe a rudeza, Maurício, mas se o Mota apareceu por lá, é porque tem algum motivo para ficar na cola de vocês.

– É foda... Você é foda para enxergar as coisas longe, Abigail.

– Se não fosse assim, meu amiguinho, como enxergaria as histórias para contá-las através das fotos?

– Mas olha só... Como o delegado desconfiou da minha transa com Eugênia?

– Simples. Bastou uma sapeada na vizinhança. E aí o disfarce só serviu para confirmar que havia alguma coisa rolando escondido entre você e a dona da *Galáxia*.

– Tá. Só que esse delegado não tem cara de quem fica sapeando...

– Deve ter algum assistente trabalhando com ele, claro! De qualquer forma está tudo limpo, porque vocês não fazem nada ilegal. O mais importante de tudo o que você me contou foi o delegado Mota ter riscado você da lista dos suspeitos.

– Riscado nada. Apenas deixei de ser o suspeito número 1.

– Mesmo assim já é um alívio. E dá para voltar ao ponto de partida... Roraima!

– O que tem Roraima, Abigail?

– Desde o início venho falando que a morte de Luiz Antônio tem a ver com Roraima. Ele chegou da viagem e me telefonou dizendo que tinha uma preciosidade, um furo... Ele estava trazendo alguma coisa misteriosa.

Maurício rodopiou sobre os próprios calcanhares. Soltou sua fisionomia alegre e deu mostras de recuperar a auto-estima. Ah. Ele podia ser útil à sua grande amiga.

– Não tem mistério, não... É o diamante, Abigail!

– Que diamante, Maurício?

– O diamante que ele estava trazendo de Tepequém para a Eugênia. Um diamante raro, uma pedra diferente... Você não sabia desse diamante?

– Não, não sabia.

– Pois fique sabendo que a Eugênia chegou a

pensar que eu matei o Luiz Antônio por causa dessa pedra. Porra. Quebramos o maior pau por causa disso ontem à noite. Não estava querendo contar isso pra ninguém. Nem pra você... Estou com ódio mortal daquela puta.

– Calma Maurício. Não estou reconhecendo você.

– Desculpa, Abigail. Mas já pensou? Eu ladrão e assassino... é demais! Desse jeito ela acaba me incriminando.

– Peraí. Ela pediu a exumação para incriminar você?

– Não, pelo que entendi, ela não queria me incriminar. Acho até que estava querendo salvar minha pele.

– Peraí de novo, Maurício. Ela estava achando que você tinha matado o Luiz Antônio para roubar o tal diamante? É isso mesmo?

– É. É isso mesmo.

– E queria te salvar... De que jeito? Escondendo a história do roubo do tal diamante?! Então, as coisas estão começando a se fechar. A exumação foi uma estratégia dela, sim! a fim de me desviar de Roraima. De me impedir de chegar a Tepequém.

– Caceta! Será que a Eugênia pensa que você está querendo rastrear a história do tal diamante raro, Abigail?

– Tudo é possível. Mas tem uma coisa que está me intrigando. Que fim levou esse diamante? Você tem certeza que Eugênia não sabe onde está o diamante, Maurício? Ela ficou com as chaves do apartamento de Luiz Antônio!

– Certeza a gente não tem de nada. Mas ela me

pareceu sincera... Ela não esteve no apartamento com medo de se complicar. Ontem à noite, depois que o delegado se foi, ela desabafou comigo. Desde o começo ela também achou a morte de Luiz Antônio muito estranha e deduziu que poderia ter relação com a pedra preciosa. Latrocínio.

– E ela falou alguma coisa sobre isso com o delegado Mota?

– Não.

Maurício narrou à Abigail o que o levara ao encontro do diretor editorial naquele dia maldito. Contou-lhe do pagamento da grana que ele havia lhe emprestado para que comprasse a minicâmera de vídeo. E até comentou que levara a máquina para mostrá-la a Luiz Antônio e aproveitara uma ponta de filme para fazer um teste, para gravar uma pequena cena com ele.

– Maurício você gravou os últimos momentos de vida de Luiz Antônio! Depois, quero ver essa fita. Você me mostra?

– Claro que mostro, Abigail. Para falar a verdade, eu nem vi como ficou. De tão chocado com a morte dele, não quis saber mais da fita.

Maurício se entristeceu, mas despediu-se dela como nos velhos tempos. Abraçou-a apertado, dando-lhe um beijinho no pescoço como fazia quando se considerava um meninão carente. A briga com Eugênia ainda lhe doía e a luta do dia-a-dia parecia-lhe repentinamente maior.

– Agora preciso ir, tá? Mais tarde a gente se fala.

A sós, novamente, mãe e filha confabularam. Mara estava impressionada com a conversa de Maurício. Aquela história toda lhe causara mal-estar. Maldito calor. Abigail se aprontou para sair. Estava ansiosa demais. A mãe acariciou-a, preocupada.

– Vai com calma, filhota.

– Não se preocupe, mamãe. Estou estressada também por causa do calor, desde ontem está muito quente. O ar está com uma quentura diferente...

– Devem ser as tempestades solares. Estamos na época de ventos e explosões na superfície do Sol. Isso acontece de onze em onze anos, quando o Sol chega ao pico de sua atividade. A Nasa divulgou um alerta avisando sobre o perigo dessas tempestades magnéticas solares danificarem e interromperem as operações dos satélites.

– Só a dona Mara para enxergar e acompanhar as notícias sobre o nosso ecossistema no espaço cósmico. Bem que você queria que eu estivesse entre os astronautas brasileiros, hein?

– Nada disso. Queria eu mesma estar comandando uma nave espacial!

– Acredito piamente.

– Você está indo se encontrar com o Pierre, certo?

– Certo, mãe.

– Então não vou te esperar, vou sair por aí para dar uma caminhada. Aqui por perto. Adoro excursionar por essas ruazinhas arborizadas do Horto e da Gávea. Ou talvez dê um pulo no Parque da Cidade. Ainda não sei. Mas vou sair...

– Cuidado. Nada de lugares desertos.

– São oito horas da manhã! E estou falando de ruazinhas residenciais. Quero ver gente, observar residências e comportamentos...

– Eu sei. Me dá um beijo que já estou indo.

13

Pierre conferia a linha de edifícios vips, os canteiros entre as pistas de carros, a ciclovia, o calçadão, a faixa de areia, a arrebentação e o mar... Sentara-se num banco, no final da praia, de costas para o Morro Dois Irmãos, e apreciava a orla do Leblon. Encantava-se com a diversidade étnica sob a luz implacável do sol, naquela manhã de céu de brigadeiro. Céu límpido e muito azul, refletido no mar que parecia ter engordado bastante, enquanto suas ilhas haviam diminuído de tamanho. Mas as pessoas na praia não davam sinais de terem se apercebido de que as ilhas estavam menores, mais baixas. A atração era o sol majestoso aquecendo a areia. As ilhas estavam, literalmente, em segundo ou terceiro plano. A maioria dos banhistas devia estar enxergando-as como se estivessem incrustadas num cenário fixo, sem reparar que o mar estava bem mais alto nessa manhã. Ou melhor, reparava sim, que a faixa de areia havia diminuído. Afinal, em época de lua cheia é assim mesmo... Qualquer pescador ou praieiro sabe que a maré sobe na lua cheia. De qualquer jeito, naquele dia, o mar estava muito alto. Pierre observou a massa de água salgada, curioso, mesmo sabendo que só haveria risco de uma grande ressaca se estivesse acontecendo ou se aproximando alguma tempestade de ventos fortes. Não era o caso, pois não lera nem ouvira qualquer notícia de tempestades de ventos terrestres à vista, no oceano Atlântico. Um sopro repentino nos seus cabelos divertiu-o. Claro que aquele ventinho só poderia ter vindo da boca de Abigail. Virou-se rápido no banco e agarrou a cintura dela.

– Assoprando meus cabelos pelas minhas costas, você corre o risco de me transformar num monstro! Sabia, mademoiselle Abigail?

– Que você pode se transformar num monstro, eu não duvido. Mas não por causa de um soprinho meu!

– Está bom. Mas, me conte, de onde você surgiu?

– Da avenida Visconde de Albuquerque. Vim seguindo uma garça que vinha planando sobre o canal da avenida.

– De carro?

– Meu carro deu um problema elétrico. Está na oficina.

– Ah...ah! Então veio de planador...

– Também gosta de brincar, né? É o velho Pierre...

– Velho, não!

– Tem razão, pronto! Vim de ônibus e saltei no final do canal. Vim observando a vida na rua. De ônibus dá para esquecer o que está na frente e ficar olhando em volta. Vi, de verdade, uma garça elegantérrima pousada numa das árvores nas margens do canal.

– Também vim de ônibus! Num circular, pela Lagoa, e além de garças vi biguás...

– Depois das garças, os biguás são a espécie de aves mais comum na Lagoa, você sabia? Saltou onde?

– Saltei na praça Antero de Quental. De lá andei em direção à praia e vim caminhando pelo calçadão.

– Acho que marcamos uma boa hora, Pierre, daqui a pouco o sol vai ficar forte demais. Dá para caminhar um pouco na orla e depois a gente vai ver a exposição. Topa?

Pierre chamara Abigail para apreciarem juntos o artesanato mineiro em exposição num espaço do Rio Design Center. Os objetos em barro o magnetizavam, principalmente as moringas surrealistas, criadas por artesãs pobres do Vale do Jequitinhonha. Porém, o deslumbramento pelas moringas também funcionaria como uma bela fachada para que se encontrassem para conversar sobre o que os inquietava. Só não esperavam que a exposição os encantasse tanto. Transferiram a conversa para o almoço, num restaurante da rua Dias Ferreira.

Pierre e Abigail espiaram os tentáculos do polvo e prepararam-se para atacá-lo de garfo, faca e dentes. Queriam mordê-lo logo, mastigá-lo... Degustar o molusco apetitoso, à provençal, numa generosa porção para duas pessoas. O restaurante era do tipo português, de pratos fartos e saborosos. E nem repararam no rapaz moreno de cabeça raspada e brinquinho na orelha carregando uma bolsa de lona a tira-colo, que passou bem próximo deles e sentou-se na mesa ao lado. Mesmo assim, falaram baixo. Condicionamento.

– Abigail, para você, qual teria sido o motivo do envenenamento do Luiz Antônio? Qual seria o motivo do crime?

– O motivo? Um mistério!

– Alguma coisa que só ele sabia! O que ele teria descoberto de tão oculto que justificasse o crime?

– Não tenho a mínima idéia, Pierre. O crime foi muito bem planejado. E tem a ver com Roraima...

– Não sei se tem a ver com Roraima. Mas o crime foi tão bem planejado que...

– Que descarta a possibilidade de crime passional.

– Mas se fosse vingança? Vinganças geralmente são planejadas. Você acha que poderia ter sido vingança, Abigail?

– Luiz Antônio não tinha dívidas nem desafetos. Não se metia com drogas...

– Verdade, ele odiava drogas e drogados. E também era odiado! Abigail, pode ter sido vingança.

– Luiz Antônio odiado? Não... ele não fazia inimigos. Ele era um sedutor compulsivo.

– Também, também! Abigail, você defende demais o Luiz Antônio. Eu me afastei dele porque não agüentei lidar com a sua megalomania, o seu narcisismo... Para você ter uma idéia, ele me disse mais de uma vez que seria o dono da *Galáxia*. Imaginou?

– Não acredito. Ele sabia muito bem que isso só seria possível se passasse por cima do cadáver da Eugênia!

Abigail estremeceu com o que dissera. O francês conseguira perturbar os pensamentos dela. Por que se referiam daquele jeito ao morto? Ela ainda não se decidira a falar sobre o diamante, mas pressentia que o geofísico devia estar sabendo da pedra e esperava que ele tomasse a iniciativa de tocar no assunto. Se não o fizesse, passaria a desconfiar dele. Jogou a isca.

– Latrocínio! O que você acha dessa possibilidade, Pierre? Luiz Antônio pode ter sido envenenado por alguém que o tenha roubado.

– Roubado o quê? Não houve arrombamento. Quem entrou no apartamento? O tal garotão e nós dois.

– Tá, Pierre. Mas o delegado já não está mais considerando o Maurício como o suspeito número 1.

– Ah, não? Então nós dois estamos encabeçando a lista, Abigail. O delegado deve ter mandado alguém farejar nossos calcanhares.

– Só por que entramos no apartamento? Mas nós entramos com as chaves que o próprio Luiz Antônio nos deu. Podíamos ter furtado à vontade enquanto ele estava viajando.

– Sim. Por que iríamos matá-lo?

– Mas, se a cobiça fosse por algo que ele trazia da Amazônia... Podíamos, Pierre, ter ido ao apartamento antes dele chegar, deixado uma armadilha com o veneno e depois voltado para buscar o que queríamos.

– Você esteve no apartamento depois do enterro e me encontrou...

– Um de nós teria voltado ao local do crime!?

– E recolhido o que queria. Perfeito, Abigail.

– Mas eu não matei Luiz Antônio.

– Nem eu.

Assombraram-se. A intuição de Abigail aflorou dizendo-lhe para contar a Pierre a história do diamante. Contou. Ele cravou fundo o olhar nos olhos dela.

– A pedra de Tepequém está comigo, Abigail.

– O quê?

– Abigail, eu encontrei a pedra num saquinho de couro na mesinha de cabeceira do quarto, quando fui guardar o bilhete que você havia deixado para ele. Estava junto do recorte de um obituário de jornal com a notícia do falecimento de Klaus...

– Que Klaus?

– Um bacteriologista, amigo de infância do Luiz Antônio, lá do Rio Grande do Sul. Eu conheci por acaso, quando ele esteve uma vez, de passagem, no apartamento em São Conrado. Mas isso é um outro assunto. O que importa é que, por curiosidade, abri o saquinho e vi a pedra preciosa. Examinei-a e realmente a aparência é a de um diamante. Luiz Antônio tinha me falado nessa pedra por telefone, quando eu ainda estava em Paris.

– Por que você escondeu o diamante, Pierre?

– Epa. Não escondi nada. Guardei-o comigo, apenas isso. Da mesma forma, lhe dei o estojo indígena para que ficasse com você. Não sabia que Luiz Antônio falara da pedra com Eugênia.

– De qualquer maneira o que você fez não é ético. E a família dele?

– Ah, Abigail. Vai me desculpar, mas nesse caso quem merece a pedra sou eu...

– Não é uma pedra qualquer, Pierre. É um diamante!

– Não. Não é um diamante. Tem a aparência de um diamante mas é uma coisa estranha, diferente.

Na verdade, vim ao Brasil por causa desse achado em Tepequém. Luiz Antônio telefonou de Boa Vista para Paris, me falando dessa estranha pedra. Certamente ele quis se divertir com a Eugênia referindo-se a um diamante.

Abigail sentiu-se confusa por alguns instantes. Seu amigo amoroso teria morrido por um falso diamante? Manifestou-se.

– Pierre, o que essa pedra tem de tão valioso?

– Sinceramente, eu não sei. Parece um outro tipo de mineral... ainda desconhecido. Ou pode ser um cristal. Não sei, não sei. Pode até haver matéria orgânica preservada em seu interior. Abigail, eu não sei o que é! Daí o meu interesse. Vou examinar a pedra em Paris. Os cientistas do século XXI estão desesperados em busca de novas matérias-primas para fins industriais.

O interesse de Abigail aumentou.

– Como assim?

– É complicado explicar. Mas o avanço do desenvolvimento tecnológico não pode parar. Se não, a humanidade estará condenada a ficar ao léu. Sem chance de conduzir seu destino terráqueo no universo cósmico.

– À mercê dos deuses...

– E não existem deuses bonzinhos... Abigail! Para começar, ninguém vai acreditar nessa história. Vão pensar que envenenei Luiz Antônio para roubar-lhe a pedra. Merde, merde... merda. Sou o suspeito número 1 agora. Não é?

– E eu... sua cúmplice!

– Merde. Saí do apartamento de Luiz Antônio

direto para o seu... onde fiquei de hóspede até a Mara chegar.

– Tá. Vamos embora, eu preciso pensar com calma.

– Desculpe, Abigail.

– Tá... Vamos embora, por favor.

Pagaram a conta e levantaram-se.

A fotógrafa apertou ligeiramente as têmporas. Sentia a cabeça cheia de sinos. Será que o francês mataria o ex-amante por causa de um diamante? Não... Ela não o reconhecia com um perfil de materialista ganancioso, a ambição dele era diferente. Pierre era muito vaidoso, sedento de reconhecimento por sua inteligência. Queria dominar por suas idéias. Avançadas, instigantes... Não brigaria e, muito menos, mataria por um diamante. Mas Abigail considerava também a possibilidade do valor desse diamante significar a libertação, a concretização de um trabalho científico que projetasse Pierre internacionalmente. Bem, nesse caso, ele poderia ser capaz de inventar aquela história estranha em torno da pedra... sim! Os sinos badalaram com mais força dentro da cabeça de Abigail. Não... Pierre não mataria Luiz Antônio. Ele era um humanista preocupado com as gerações futuras. Ele estava até produzindo um programa educativo para a televisão, para conscientizar os jovens de que somos habitantes ocasionais de uma crosta terrestre em transformação. Era um projeto lindo, com animação, que mostrava a crosta terrestre deslizando em cima de uma massa fluida ardente. Um projeto a fim de conscientizar os jovens de que todos nós vivemos sobre bolhas de fervura e sob um bombardeio de energias cósmicas. "Pierre é um batalhador a favor da espécie humana, defensor da consciência planetária e um militante contra a miséria no mundo" repetia Abigail, silenciosamente, para ela mesma. Não, ele não mataria Luiz Antônio! Ou mataria?

O geofísico e a fotógrafa caminharam até a avenida Ataulfo de Paiva. Um motociclista com capacete vermelho passou por eles quando se despediram, convictos de que o mistério sobre a morte de Luiz Antônio pairava sobre eles. Ou muito próximo deles. E o delegado? Mota saberia da existência do diamante? Ainda não houvera tempo para o último relatório do Estrela.

14

O cachorro rosnou esquisito. E continuou rosnando sem parar. Amadeu estranhou. Deu tratos à bola com suposições sobre o que estaria irritando daquela forma o cão da vizinha. Ia dar uma espiada quando o animal silenciou e ele ouviu alguém tocando a campainha de sua casa, na vila em Botafogo. Diacho. Antes de atender, Amadeu mentalmente se perguntou se seria Pierre de volta. Difícil, lhe dera as chaves e o vira enfiando-as no bolso. Também não esperava ninguém. Podia ser o carteiro... Mas o cachorro não rosnava para o carteiro e quando latia, era latido alegre de reconhecimento. O vira-lata gostava do carteiro. Amadeu se irritou mais ainda ao levantar uma possibilidade detestável. "Não pode ser aquele..." Podia! Delegado Mota estava no portão. Amadeu soltou um palavrão entre os dentes e abriu a porta.

– Bom-dia, você...

– Sou o delegado Mota, amigo da Eugênia.

– Entre, a sala está fresca.

– Que casa simpática a sua, Amadeu. Proprietário?

– Sim. Andei fazendo umas obras para adaptá-la aos tempos modernos...

– Bem-feitas.

– O que o traz aqui?

– Apenas um bate-papo. Pode me oferecer alguma coisa para beber? Estou morto de sede.

– Desculpe. Quer água, um mate ou refrigerante?

– Refrigerante.

– Água tônica ou guaraná? É o que eu tenho.

– Guaraná!

Amadeu buscou o guaraná pensando no rosnado do cachorro da vizinha. "O vira-lata deve ter confundido o delegado com um gato de rua. Que íris mais amarela... sô!" Distendeu o mau humor. O delegado notou a expressão diferente na cara do repórter veterano, quando ele voltou com o refrigerante.

– Fica bem-humorado de repente? Maravilha. É sempre assim?

Amadeu riu e fingiu não ter dado importância ao comentário. Na verdade, ele costumava rir de nervoso.

– Estou às suas ordens, delegado.

– Você está entre os suspeitos de assassinato de Luiz Antônio, Amadeu.

– Não vejo motivo para isso. Em que se baseia, delegado?

– Você esteve no apartamento dele...

– Não. Estive no prédio. Cheguei até a porta do apartamento. Toquei a campainha, como ninguém atendeu, fui embora.

– O que foi fazer lá?

– Tinha chegado do Maranhão. Fui deixar uma encomenda para Luiz Antônio.

– Que encomenda?

– Um carinho de uma senhora maranhense, lá de São Luiz.

– Carinho?

– Sim. Um pacote com doce de buriti feito por dona Matilde. O Luiz Antônio era louco por doce de buriti. Em uma viagem turística por lá conheceu e fez amizade com essa dona Matilde.

– E cadê o doce, Amadeu?

– Deixei com o porteiro do prédio onde morava Luiz Antônio. O encontrei na saída e deixei com ele.

– Até aí tudo bem.

– Então???

– O porteiro, o nome dele é João, não falou nada sobre esse pacote.

– O que eu sei, delegado, é que deixei o pacote com doce de buriti com o porteiro para ele entregar ao Luiz Antônio.

– Mas quem garante, Amadeu, que era doce de buriti? Não achei nenhum doce de buriti no apartamento dele...

– Eu garanto que...

– Podia haver outra coisa dentro do pacote, meu caro Amadeu.

– Por exemplo?

– Algum produto que ele aspirasse ao abrir e o envenenasse...

– Isto é delírio, delegado!

– Mas podia. Não podia?

– Se for por esse caminho tudo é possível, delegado. Ele pode ter se envenenado com um sapo como aquele cientista do Espírito Santo, criador de colibris...

– E aí teria ido à Amazônia atrás de um pajé para se curar?!

– Quem sabe?

– Amadeu, agora chega de ironia. Luiz Antônio não estava doente. Por acaso havia feito um *chek-up* completo antes de viajar. Ele morreu de repente.

– Estou sabendo, delegado. Mas o que eu deixei com o porteiro foi doce de buriti.

– Como tem tanta certeza? A dona Matilde embalou o doce na sua frente? Se já estava embalado, você abriu e conferiu o pacote?

– Por que iria desconfiar de dona Matilde, uma velhinha inofensiva? Que motivo teria para envenenar Luiz Antônio?

– E que motivo teria você, Amadeu?

– Sô! Não acredito que o delegado esteja suspeitando de mim para valer...

– Por enquanto, estou apenas suspeitando. De você e de seus amigos. Para valer vai ser quando eu tiver o motivo.

– Acredite, não vai achá-lo aqui ou com meus amigos.

– Amadeu, Amadeu... Obrigado pelo guaraná. Vou tocar meu bonde atrás do motivo.

– Boa sorte... delegado! Volte quando quiser.

– Primeiro... o motivo!

A *mauritia vinifera* invadiu o pensamento de Amadeu como um vírus. Por mais que mandasse para a cucuia a *mauritia vinifera,* a palmeira encrenqueira ressuscitava em tupi: buriti. Tinha a idéia fixa na polpa dos frutos amarelos que dona Matilde teria usado ao fazer a buritizada de Luiz Antônio. Memorizara as palavras do delegado, e elas pareciam ecoar entre as paredes da casa. Por que não conferira? Não abrira o pacote para ver se continha mesmo doce de buriti? "Já era..." Amadeu soltou uma risadinha rápida, nervosa. E, em voz baixa, mandou o delegado Mota para a puta que pariu. Não adiantou, a maldita pressão no olho direito o maltratava. Amadeu pressentia a crise de enxaqueca se aproximando. Ele estava sem remédio para a dor. Enquanto discava para a farmácia, esforçava-se em pensar algo que o relaxasse. E nesse esforço, conseguiu ocupar o cérebro com recordações prazerosas de suas aventuras com Abigail, no dorso da serra do Surucucu. Lembrou-se dos pedregulhos, cobertos de musgo, do igarapé sinuoso e apressado em abrir caminho na selva. Sentiu saudades da cena de Abigail no igarapé de água translúcida fotografando as três mocinhas yanomamis, que pescavam pitus e catavam caranguejos, vestidas apenas com uma pequena tanga de algodão tingido de urucum. Era de tarde. Os raios solares se infiltravam por entre as copas das árvores dourando a floresta em uns pontos e azulando-a noutros. Tudo muito puro, muito mágico, até ele sentir a ereção. Nada a ver com a nudez poética e natural das índias. A fantasia que não conseguira dominar fora a de se deitar no mato com aquela mulher urbana, de tênis de pano, bermuda e camiseta encharcados, cheirando a repelente de insetos. Para despistar ele também entrara no igarapé apostando que resolveria o problema no contato com a água fria. O seu problema ficara mais duro e evidente com a roupa molhada. As índias soltaram risinhos e se dispersaram de fininho em direção à aldeia. Abigail o fuzilara com o olhar, pois ele tinha atrapalhado o trabalho dela. Um trabalho complicado porque nem sempre as yanomamis se deixavam fotografar. "Pô, cara! Que decepção... não pensei que fosse um troglodita." Puf... broxara. Pierre chegou e o encontrou rindo sozinho.

– O que aconteceu, Amadeu?

– Broxei.

– O quê?

Amadeu resolveu desfiar para o geofísico francês suas aventuras e desventuras com Abigail, lá nas aldeias yanomamis na Serra do Surucucu, quase na fronteira com a Venezuela. Quando se cansou do assunto, voltou a cismar com a buritizada.

– Pierre, você viu algum doce de buriti no apartamento de Luiz Antônio?

– Não conheço doce de buriti.

– Sô! Viu algum tipo de doce por lá? Alguma coisa parecida com um doce amarelo-forte, escuro?

– Não. Por quê?

O francês ouviu toda a história do doce de buriti e da perseverança do delegado em achar o motivo para o assassinato de Luiz Antônio. Ouviu tudo calado, sem mover um músculo da face. Mantivera o autocontrole, principalmente quando Amadeu se referira ao delegado obcecado na busca do "motivo" do crime. Intimamente, Pierre se considerava um imbecil por ter permanecido ali, na casa de Amadeu, com o diamante. Recriminava-se por não ter voltado para Paris logo que soubera da morte de Luiz Antônio. E justificava-se, argumentando para si, que jamais poderia adivinhar que as coisas tomariam aquele rumo. Ele ainda pensou em verbalizar suas inquietações para Amadeu. Não conseguiu. Escolheu se desviar do tema, puxando mais conversa sobre Surucucu.

Mara respirou fundo o ar oxigenado pela reserva florestal do Horto e continuou lendo a revista que falava sobre os gases ardentes causadores de hemorragia nos pulmões. Um horror! Ela tomara conhecimento da lava que petrificava os corpos das pessoas transformando-as em estátuas humanas quando ainda era garota, numa aula de colégio. Na adolescência, assistira a um filme, uma superprodução de época, que reproduzia a erupção do Vesúvio atingindo as antigas cidades romanas, Herculano e Pompéia. Ficara impactada e nunca mais esquecera. Mara lia tudo sobre vulcões. E aquela notícia de que o maior sistema vulcânico do mundo estava ativo sob o Parque Nacional Yellowstone, nos Estados Unidos, a impressionou. O solo do parque vinha estufando e um vulcanólogo britânico afirmava que a erupção ocorreria em aproximadamente 70 anos! Ou seja, o Yellowstone tinha se transformado numa caldeira, num supervulcão. Mas em vez de formar uma montanha, estava virando uma grande depressão com enormes depósitos de magma. Mara tinha um poder de abstração notável. Ela imaginava direitinho a massa superquente derretendo as rochas próximas da superfície, borbulhando numa sopa de gases por milhares de anos até a crosta terrestre não suportar mais a pressão e mandar literalmente tudo pelos ares. O artigo também dizia que, além das rochas incandescentes e da larva irem longe, a nuvem de gases ardentes e as cinzas chegariam a mil e seiscentos quilômetros de distância. Mara fechou a revista decidida a conversar sobre o Yellowstone com Pierre. Afinal, o que eram 70 anos na escala de tempo da vida no planeta? Ela deixara-se seduzir pelo charme do geofísico francês. Adorava desenvolver idéias com ele sobre este mundo e todos os outros mundos possíveis, terráqueos ou não. Mas sua viagem metafísica foi interrompida abruptamente por uma campainha eletrônica. Era o porteiro, avisando-a pelo interfone, que o delegado Mota estava na portaria. Sem outra alternativa, mandou que ele subisse. O delegado chegou sinceramente sorridente. Mas ao abrir a porta do apartamento, ela não se conteve.

– De novo?

– Sou tão indesejável assim?

– Prefiro não responder. Mas fique à vontade, delegado.

Ele desenvolvera uma forte simpatia por Mara. E ela já admitia que se não fossem os olhos gateados brilhantes e quase amarelos, até que a aparência dele não seria das piores. Vestia-se com simplicidade e era zeloso com o próprio corpo. Um cinqüentão visivelmente bem conservado, morador da Urca, bem pertinho do Pão de Açúcar. Ela também se informara sobre ele. Após um amigável cumprimento de aperto de mãos, os dois encaminharam-se para a varanda. Definitivamente, a varanda era o cômodo predileto da casa de Abigail.

– E sua filha, onde está?

– Ela saiu e deve estar chegando.

– Ela esteve com Pierre hoje?

– Acho que tinham marcado alguma coisa...

– Estive na casa de Amadeu e Pierre não estava. Imaginei que ele e Abigail pudessem estar juntos. Vocês gostam de doce?

– Não muito. Depende. Se o doce for muito apetitoso e pouco doce... Ou quando o organismo faz aquele apelo "quero doce!" Aí um docinho bem feito, diferente, até que cai bem.

– Um doce de buriti, por exemplo?

– Uma buritizada! De preferência igual a que o Luiz Antônio costumava receber lá do Maranhão. Ele sempre dividia a buritizada com a Abigail. E ela, como sabia que eu sou louca por esse doce, dava um jeito de mandar um pouquinho para mim.

– E por acaso a Abigail não tem aí uma buritizada para eu experimentar?

– Não tem.

– E a senhora está sabendo do doce de buriti que Amadeu trouxe para o Luiz Antônio nessa última viagem dele?

– Não...

– Pois é, o Amadeu trouxe um doce de buriti...

– Não estou percebendo onde o senhor está querendo chegar. O que está escondendo dentro da buritizada?

Mota expôs para ela suas suposições a respeito da encomenda da tal dona Matilde.

– Tem outra coisa. Voltei em São Conrado e perguntei ao porteiro João sobre a encomenda. João não confirmou nada.

O delegado locomovia-se de um lado para o outro com pisadas leves. Não queria espantar os passarinhos da garrafinha dos beija-flores. Por fim ele interrogou Mara, espiando-a com o canto dos olhos.

– O que a senhora acha disso tudo?

– Quer saber a minha opinião, delegado Mota? Por que não procura o porteiro João novamente e pede para ele lhe dar um pedacinho do doce? Pelo que eu sei, o pobre é maranhense. E o senhor não se referiu a doce nenhum ao falar com ele, o senhor perguntou por um pacote, uma encomenda...

– Hã?

– Não lhe passou pela cabeça a possibilidade dele não ter tido tempo de entregar a buritizada a Luiz Antônio? Pelo que entendi, o Amadeu entregou o pacote ao porteiro dizendo que dentro do embrulho tinha doce de buruti! E aí, depois de saber que o *homem* tinha morrido, o porteiro João não podia ter resolvido ficar com o doce? Ninguém resiste a um doce de buriti. Isso eu garanto.

Mota sentiu as faces se aquecendo. Vergonha. Como pudera dar aquele vacilo? E a bruxinha Mara ali, gozando com a cara dele. Claro, caíra-lhe a ficha. O porteiro poderia ter mentido por constrangimento. Por que o pobre, como bem dissera Mara, confessaria o furto da buritizada do morto? Mota não se apresentara ao porteiro como delegado. Circulara no apartamento de Luiz Antônio como um parente da família. Que incompetente fora, tirando conclusões precipitadas. Ele desviara-se do caminho. "Idiota!" Mota não se perdoava. Precisaria voltar a falar da encomenda com o João com o maior cuidado. A investigação não podia transpirar, ainda não era uma investigação oficial. Mara fitava-o de sobrancelhas levantadas, marcando a testa com grandes rugas horizontais. Mota permaneceu calado até decidir que a melhor coisa a fazer seria continuar esperando Abigail chegar. O delegado tinha certeza de que para inocentar o Amadeu, a fotógrafa o ajudaria nessa embolada.

– Vou esperar a Abigail. Pode ser?

Mara baixou as sobrancelhas.

– Pode.

Ele não precisou esperar muito. O ruído da chave virando na fechadura precedeu a entrada de Abigail suada e com pouca vontade de conversar. Ao ver o delegado, ela não conteve um suspiro.

– Ah, delegado Mota! Estou tão cansada hoje. Mais perguntas?

– Desculpe, Abigail, mas estou precisando formar uma parceria com você.

– Parceria comigo?

Mara apertou levemente o braço da filha e se adiantou para explicar o que Mota estava querendo dizer. A fotógrafa refletiu e convenceu-se de que seria melhor encarar mais aquela revelação para encerrar o dia com alguma conclusão que valesse a pena. Entrou no Vectra do delegado, com destino a São Conrado.

João estava na portaria. Sorte. Abigail e Mota se aproximaram.

– Boa-tarde – cumprimentou o porteiro ao avistar os visitantes.

– Final de tarde, não é? – o delegado sorriu simpático.

– O senhor e dona Abigail vão subir para o apartamento do senhor Luiz Antônio?

A fotógrafa percebeu o nervosismo do porteiro, ele não estava à vontade. Ela precisava cativá-lo para ele sentir confiança.

– João, o senhor Mota, primo do Luiz Antônio, já esteve aqui conversando sobre uma encomenda que um jornalista entregou a você. Todos nós ficamos traumatizados e fugimos de qualquer assunto que tenha a ver com aquele dia terrível, não é mesmo? Mas eu preciso que você tente se lembrar e me diga com toda a sinceridade, você entregou mesmo o pacote a Luiz Antônio? Eu acho que você não chegou a entregar, ele morreu antes de você entregar. A gente só queria saber se era o doce que uma amiga dele mandou do Maranhão ou alguma outra coisa de valor...

– Não, dona Abigail, era doce de buriti!

A voz de Abigail foi num tom carinhoso.

– Como é que você sabe?

– Como a senhora disse bem, não deu tempo de entregar. E como eu estava sabendo que era buritizada, porque o sujeito que entregou o pacote comentou, fiquei com o doce. Eu jamais ficaria com alguma outra coisa de valor.

– A gente tem certeza disso, João. E sobrou um pouquinho?

– Ah... sobrou. Sobrou! Que alívio, dona Abigail. Como estou aliviado... Sobrou sim. Ainda tem doce, veio muito... E uma cartinha da tal amiga. Eu não contei nada disso para o seu Mota porque ele não me conhece. O que ia pensar de mim? O senhor me desculpe, seu Mota.

– Está desculpado. Acalme-se.

A fotógrafa e o delegado cruzaram os olhares. Amadeu falara a verdade. O caso do doce de buriti estava encerrado. Mota ia entrar no carro quando percebeu a chamada do celular no bolso interno do paletó. Atendeu.

– Alô.

– Doutor?

– Estrela?

– Tem um diamante na jogada...

– Astral. Encontro você lá.

O delegado encerrou a ligação e fez sinal para Abigail entrar no Vectra. A fotógrafa continha um sorriso de divertimento no rosto. Ouvira as palavras estrela, astral... imaginou que ele estaria se comunicando em código. E, evidentemente, julgou-o ridículo.

– Vou levar você de volta em casa. Entre no carro, Abigail.

15

Abigail acordou meio deprimida. Sozinha, em seu quarto, choramingou. Era muita saudade de Luiz Antônio! Mergulhada no sentimento doloroso, filosofou sobre a morte, especulando em que teria se transformado o seu amigo amoroso. Único! Em que dimensão e freqüência estaria? Ou era nada, nada, nada...? Ela continuou a filosofar questionando também sua própria existência. Inquiriu-se como uma adolescente sobre o que ela tinha sido, antes de um espermatozóide oportunista e um óvulo sobrevivente se encontrarem."Se aqueles espermatozóide e óvulo responsáveis por minha origem não tivessem sido hóspedes dos corpos de papai e mamãe... não teriam me transformado no ser humano, registrado neste mundo com o nome de Abigail!" A masturbação mental continuou. Ela indagou-se, desatinadamente, quando a química e a energia do corpo de Luiz Antônio teriam pifado. Mara a convencera de que essa química poderia ter se transformado noutra coisa, numa outra dimensão. E a energia? Ela perguntava-se, insistentemente, se a energia de Luiz Antônio não estaria circulando ali, bem pertinho, numa outra freqüência, ainda imperceptível para os humanos vivos. "Abigaiillll... maluquinha. Maluquiiiinhaaa!" verbalizou. Mas a voz rouca abafou o som. Não adiantou. Seus pensamentos se direcionaram para os avanços da biotecnologia e para as pesquisas cósmicas. "Será que ainda estamos muito longe de responder à perguntinha básica: de onde viemos e para onde vamos? Ou só viemos e não vamos a lugar algum?" Abigail não admitia a morte física como uma morte definitiva. Achava que, desta maneira, a vida não tinha sentido. O acaso puro e simples, para ela, não fechava... Mas também não esquecia o horror que Luiz Antônio declarara à luta da ciência em busca da imortalidade humana. Ele lhe dissera, com ênfase, que a imortalidade aprisionaria a humanidade. Na ocasião, Abigail chegara a levantar a hipótese dele ter alguma tendência suicida. Hipótese brutalmente rechaçada pelo amigo indignado. "Ficou burra?" No ato, caíra a ficha. Luiz Antônio era um mortal privilegiadíssimo que não se recusaria a aproveitar ao máximo o seu tempo disponível nesta vida. Mas... precisaria esquecê-lo. Esquecê-lo para não ruminar aquela dor. Aiii. Foi até o banheiro, abriu a torneira do chuveiro e entrou debaixo dele. Ah, deu certo. A água refrescou, literalmente, suas idéias, trazendo-a de volta para o mundo real. Ela precisava procurar Eugênia, ela tinha de enfrentar a dona da *Galáxia*.

Desde que soubera por Maurício da história do diamante e desde que Pierre lhe confidenciara o furto, Abigail não dormia mais direito. Intuía que, a qualquer instante, o delegado Mota ficaria sabendo da existência da pedra. Temia a reação dele pela razão óbvia de encrenca policial. E, mais ainda, temia a reação de Eugênia. A toda poderosa odiava ser passada para trás e não descansaria enquanto não descobrisse quem estava com o diamante. Abigail arrepiou-se. Eugênia já devia estar desconfiada de Pierre. E se conseguisse a confirmação de que o francês se apossara da pedra, iria acusá-lo por roubo e assassinato ao delegado. Fosse ou não a verdade, isso não fazia a menor diferença. A milionária de cabelos dourados e olhos verdes não costumava sofrer com a dúvida. A inveja e o despeito do outro ter ficado com o diamante iriam obcecá-la. Abigail convenceu-se de que não podia perder mais tempo. Era melhor abrir o jogo. Pegou o telefone e se fez de convidada para o café da manhã na mansão da Niemeyer. Eugênia se surpreendeu com o telefonema, mas se animou bastante com a proposta. Farejara a explosão de alguma bomba no ar.

Abigail chegou de táxi na mansão, pois seu Palio ainda estava na oficina. O mordomo a conduziu até a pérgola na beira da piscina, onde Eugênia já a esperava. A conversa rolou sem nariz-de-cera.

– Olá, Abigail. Sou toda ouvidos. Fale.

– Eugênia, eu sei que Luiz Antônio trouxe um diamante de Roraima.

– Então você sabe. Muito bem. Vamos direto ao assunto. Quem roubou o diamante?

– Ninguém roubou. Pierre está com o diamente; o que é diferente.

Eugênia esbugalhou os olhos e trincou o rosto. Ficou feia.

– Diferente de quê? Ele pode ser o assassino.

– Calma, mulher!

Abigail se espantou dela mesmo, da forma como acabara de tratar a dona da *Galáxia*.

– Calma? Por quê? Você é cúmplice dele?

– Eugênia, eu disse apenas que o Pierre está com o diamante...

– E como o diamante foi parar nas mãos dele?

– Luiz Antônio ainda estava na Amazônia quando telefonou para Paris e falou de uma pedra rara com Pierre. E o Pierre, quando chegou no Rio, a encontrou no apartamento de São Conrado. É só isso.

– E o francês vai ficar com o diamante?

– Vai.

– Com que direito? Com que direito, Abigail?

– Com o direito da relação que existiu entre eles. E por ser um geofísico, um cientista interessado em raridades. Parece que realmente se trata de uma pedra rara...

– De um diamante. De um diamante, Abigail! Não me faça de idiota!

– Não sou de fazer os outros de idiota. E você sabe disso.

– E eu achando que você queria ir a Roraima com o Amadeu para levantar o rastro do diamante. Mal sabia que já estava com o puto do francês! E você só disfarçando... Quanto vai levar nessa história?

– Peraí, Eugênia. Não distorce...

– Não estou distorcendo nada.

– Evidente que está. Primeiro você achou que eu queria incriminar o Maurício... Que ele tinha roubado a pedra e você precisava salvar as duas coisas.

O garoto e o diamante. Agora vem para cima de mim com uma outra história surrealista...

Eugênia acionou o celular. Estava a um passo da histeria.

– Alô, alô! Mota? Venha para cá, para minha casa. Sei quem é o assassino de Luiz Antônio.

Abigail levantou-se da cadeira de lona.

– Você é uma irresponsável, Eugênia. Estou indo embora.

– Mota, espere um momento. Não desligue! Abigail, espera aí, onde você pensa que vai? Você não vai sair daqui. Você vai esperar o delegado. Alô? O que você disse, Mota? Quer falar com Abigail? Vou passar o celular para ela.

– Delegado, essa mulher...

– Abigail, me espera... Espera por mim, aí. Por favor.

O telefone celular foi desligado e as duas ficaram mudas.

O delegado chegou em vinte minutos. O mordomo o levou às duas mulheres, que ainda se encontravam à beira da piscina. Elas tinham os rostos crispados, não se olhavam nem trocavam palavras. Mota se aproximou delas sem dissimular a satisfação. Tampouco conteve uma piadinha.

– Então... minha querida Eugênia, você me chamou para uma declaração oficial ou para um bate-papo informal com o amiguinho? E como prefere a conversa Abigail, em *on* ou *off*?

As duas mulheres resolveram ignorar as provocações. Eugênia falou primeiro.

– Mota, a Abigail disse que o Pierre está com o diamante.

– Que diamante?

Cada uma contou sua parte. O delegado falou duro.

– Por que me escondeu a história dessa pedra, Eugênia?

– Não interessa, Mota. O que interessa é que o diamante está com Pierre.

– E daí? O francês não precisava envenenar o amigo por causa do diamante. Bastava pegá-lo, como pegou, e voltar para Paris. Ele ficou no Rio e ainda admitiu, espontaneamente, que está com a pedra! Três pessoas saíram da minha lista de suspeitos: Maurício, Amadeu e Pierre.

Mota se despediu da dona da mansão e ofereceu uma carona para a fotógrafa. Ela aceitou, controlando o próprio pânico. Entendera plenamente que ao excluir o nome dos três homens o delegado reduzira a lista de suspeitos aos nomes Eugênia e... Abigail! Na descida da avenida Niemeyer, ele lhe perguntou se estava a fim de acompanhá-lo à casa de Amadeu. Ela afirmou com um gesto de cabeça. Mota passou-lhe o celular.

– Telefone para ele, Abigail, por favor, dizendo que estamos indo para lá.

Dessa vez o cachorro da vizinha rosnou menos. A presença de Abigail deve ter amenizado a aversão do cão pelo delegado. Amadeu abriu a porta e deparou com o ar carregado de sua fotógrafa predileta. Após os cumprimentos de praxe, os três acomodaram-se na sala-escritório em L e se entreolharam. Sem qualquer constrangimento, Mota foi direto ao que lhe interessava: a Mineradora Magalhães.

– O que você sabe sobre a mineradora, Amadeu? A empresa seria capaz de alguma falcatrua que justificasse uma chantagem?

– Acho que não. É uma empresa séria, delegado.

– Mas poderia ter um segredo capaz de desestabilizá-la, levá-la à ruína...

– Por que acredita nisso, delegado?

– Porque toda família ou empresa tem um segredo.

– Só que eu não sei de nada. O que eu sei é que se trata de uma empresa que não surgiu da noite para o dia. Começou com o avô da Eugênia e vem crescendo com a união dos esforços da família. Acho que dá certo porque tem gente competente e os donos são trabalhadores. Gostam do que fazem.

– Sim, Amadeu. Mas isso não impede que alguém suje a barra.

– Delegado, a mineradora já foi muito visada pela imprensa nacional, principalmente a paulista. E nunca se levantou algo que a comprometesse. Eu mesmo já apurei tudo o que podia e não descobri nada nesse sentido.

– Está bem. Então deve ser uma empresa séria. Paulista não dá, mesmo, colher de chá para o empresariado nordestino, principalmente baiano...

– É, delegado. Até porque, se havia sujeira na Mineradora Magalhães, já limparam. O fato de fazerem mineração em território indígena a deixa muito vulnerável. Não dá para facilitar, se pisarem na bola, é um escândalo internacional.

– Tem razão. E internamente?

– Que eu saiba, não há briga na família. E são discretos. A única porra-louca é a Eugênia. Mas por que todo esse interesse, delegado?

– Porque eu estou começando a concordar com Abigail num aspecto: o envenenamento de Luiz Antônio tem a ver com algum mistério. Ele devia saber de alguma coisa e foi silenciado.

A fotógrafa sentiu um frio na barriga. Mas continuou estática, só de ouvinte. Amadeu expôs seu raciocínio.

– Delegado, o senhor está suspeitando da Eugênia?

– Estou.

– Mas como ela iria envenená-lo?

– Com a cumplicidade de alguém. Bom, minha conversa está encerrada. Você vem comigo, Abigail?

– Não, delegado.

Abigail pensou em Maurício. Na câmera de vídeo, na tal ponta de fita que ele gravara com Luiz Antônio um pouco antes dos dois descerem para o shopping. Um pouco antes da tragédia se consumar. Ela queria conversar com o garoto, mas sem cruzar com a Eugênia. Ainda tinha muita raiva e se cruzasse com a dona da *Galáxia* era capaz de mordê-la.

Esperou o delegado passar o trinco no portão e caminhar na vila em direção à rua. Aí, apelou para Amadeu. Pediu-lhe que fosse até a *Galáxia* para deixar um recado para Maurício.

– Que recado?

– Para ele me procurar com a maior urgência.

– Baby, relaxa. Você não pode se deixar abalar

tanto assim com a morte de Luiz Antônio. A vida continua. E você é tão espiritualizada, tão holística. Não pode se atar à morte física.

– Ah, Amadeu...

– Não fica assim. Luiz Antônio tinha uma consciência desenvolvida. Inseminou emoções e pensamentos que ficaram aqui e vão continuar se multiplicando, se transformando, em progressão geométrica.

Abigail se desarmou. Porém... ficara na dúvida se Amadeu ironizara ou falara sério. Ela até achava que podia estar enganada, mas detectara um certo escárnio na voz do jornalista.

– Por que esse tom?

– Também estou estressado, sô!

– Desculpe, Amadeu.

– Eu sobrei? Não valho nada? Nadinha, baby?

Abigail estranhou de novo a voz de Amadeu, mas afrouxou a expressão do rosto. Quase sorriu.

– Então me ajuda Amadeu... Estou uma pilha de nervos.

Amadeu enlaçou-a e a puxou para o peito. Ela se deixou abraçar e descansou a cabeça no ombro dele, sentindo a respiração quente, os lábios carinhosos na sua nuca. Sensação gostosa. Ela deixou o instinto emergir com os desejos de seu corpo fluindo à vontade.

Pierre chegou e flagrou os dois naquele momento de intimidade. Deu meia volta se justificando.

– Desculpem. Estou indo. Esqueci que havia combinado com a Mara de comprar umas moringas de barro. Estou indo para o Horto. Tudo bem?

Saiu e fechou a porta da rua sem esperar resposta.

16

Baita calor. Os cabelos cacheados de Abigail ainda estavam molhados do banho frio. Era uma mulher comum muito bonita naquele vestido leve de algodão, apreciando o entardecer na varanda. O que atrapalhava era um desconforto estranho... meio doentio. E devido à hora, ela mesma definia-o como um desconforto patológico. A hora era a *hora dos boreba*... Abigail indagava-se se haveria *boreba* na reserva florestal do Horto. Não, não enlouquecera. Apenas a saudade do amigo amoroso morto transportara-a para o tempo mítico yanomami onde os *boreba* vagavam na noite, assustando os habitantes da serra do Surucucu. Eram os espíritos dos mortos mal resolvidos. Ao contrário dos *noboleba* que moravam no retumisi, o céu cósmico. Os xapuris, pajés dos yanomami, viam e ouviam os *boreba* e os *noboleba*. Mas reverenciavam os *parua*, os ancestrais do seu povo que, segundo eles, continuavam vivos. Poderosos os xapuris. Só eles tinham o antídoto para os feitiços. E o que mais apavorava os yanomamis eram os feitiços. Às vezes, bastava o rastro. A pegada era recolhida num pouquinho de terra, lama ou areia, colocada numa folha e misturada com veneno. Dependendo do tipo e quantidade do veneno, a pessoa adoecia ou morria.Por um momento Abigail teve uma espécie de delírio imaginando que Luiz Antônio fora vítima de feitiço. "E se isso tivesse realmente acontecido?" Logo depois, ela própria recriminou-se intimamente por delirar tanto. Sacudiu-se pensando na ponta de fita que Maurício gravara com Luiz Antônio, pouco antes dele morrer. A intuição lhe dizia que precisava ver aquela ponta de fita. Enviara-lhe o recado por Amadeu e o garotão retornara a Angra dos Reis para buscar a tal fita. Pela hora, já devia estar chegando. Ele lhe telefonara havia pouco tempo avisando que estava a caminho. E Mara também devia estar voltando do seu habitual passeio pelas redondezas. Abigail continuou inquieta, espiando a floresta, até ouvir o ruído da porta da sala se abrindo. Era Mara com o garotão. Os dois haviam se encontrado na entrada do edifício e subiram juntos no elevador. Maurício, como sempre, uma gracinha.

– Abigail, como você está linda.

– Obrigada, Maurício. Adoro você... Mas não vamos ficar rasgando seda, tá? Cadê a fita?

– Calma, minha deusa.

– Desculpe, mas precisamos ver essa fita logo. Algo me diz que precisamos ver essa fita sem perda de tempo.

– Fica fria, Abigail. Eu a trouxe comigo!

– Então coloque-a logo no vídeo.

Maurício ficou impressionado com a aflição da fotógrafa.

– Vou colocar, Abigail. Você tem razão, precisamos ver a fita. Eu tinha me desligado dela, completamente. Para ser sincero, não me lembrava mais do conteúdo. Como eu lhe disse, quando estive com você da última vez, a gravação foi apenas um teste. Eu apenas quis estrear a câmara com o Luiz Antônio. Não vai reparar na qualidade da imagem...

– Maurício, eu não estou preocupada com a qualidade da imagem. Não vou julgar nem criticar nada. Quero apenas ver o que tem nessa fita.

– Eu fiquei mais preocupado com o enquadramento, a luz. Não prestei atenção ao que Luiz Antônio estava falando.

– Tá, Maurício. Então deixa eu ver a fita!

– Você vai ver! Abigailzinha... calma. Eu só estou querendo dizer que não trouxe a fita antes porque não tinha me dado conta de que ela podia conter alguma coisa importante! Apenas isso...

Os três sentaram-se diante do vídeo. E viram.

Luiz Antônio muito bem disposto sorrindo para a câmara, na cozinha do apartamento de São Conrado. Segurava um objeto, um pequeno recipiente rústico tapado com couro de cobra! E falava. "E aí, negão, está tudo em cima? Então vou mostrar o que eu trouxe para a melhor fotógrafa deste país. Abigail, olha só o que eu peguei escondido na cabana do seu amigo pajé, lá na aldeia onde você e o Amadeu costumam ficar, na Serra do Surucucu. Está vendo isso? Mistério! Vou mandar examinar e patentear a fórmula..." Em seguida, Luiz Antônio abria o pequeno estojo. Nesse momento, um bicho horroroso passava voando junto dele, surpreendendo-o. Com o susto, ele deixava o estojo cair. Refeito, agachava-se e catava um pedacinho da coisa que saltara de dentro do estojo e rolara no chão da cozinha. A coisa era cor de âmbar e parecia uma bolota de cera de abelha do mato. A imagem revelava Luiz Antônio pegando e recolocando o bocadinho quebrado, que catara com as pontas dos dedos, de volta no recipiente. A imagem mostrava, ainda, ele se levantando e procurando o que o assustara: "cadê o monstrengo?" Foi aí que tudo tremeu e se ouviu a voz gravada de Maurício, "passou direto e pousou na parede da sala, Luiz Antônio".

Fim da gravação. O garotão se virou para Abigail.

– O Luiz Antônio chegou a me falar que havia trazido uma porção de yacoana. Era isso aí que ele estava mostrando?

Abigail empalideceu. Pensou na yacoana. Lembrou-se do yanomami que ela fotografara na selva amazônica. Do índio trazendo a casca da árvore alucinógena para a aldeia. Raspando-a, colocando-a numa panela e aferventando-a sobre um fogo, no chão de terra, até o pó se transformar numa pasta. Depois, passando-a ainda quente na ponta das flechas. Para quê? Para ser usada como veneno, para atingir e paralisar os macacos no alto das árvores. Os animais despencavam e eram mortos a bordunadas. A yacoana não matava. Atingia apenas o sistema nervoso e mesmo assim, quando caía na corrente sangüínea. O sistema vegetativo continuava funcionando. Não paralisava coração nem pulmões. Não asfixiava. Abigail não se esquecera do que ouvira do pajé. Jamais se esqueceria do pajé explicando para ela e o Amadeu que a yacoana era aspirada pelos xapuris quando queriam entrar no mundo do inconsciente e do subconsciente. No mundo dos espíritos. Nessas ocasiões a yacoana era raspada da ponta das flechas e utilizada como pó para o xapurimu, a pajelança. A yacoana era aspirada. Portanto, não matava. "Não matava!" Abigail recordou-se também de que a yacoana era de cor bem escura. Marrom. Marrom-escuro. A fotógrafa assombrou-se. O que Luiz Antônio trouxera... definitivamente, não era yacoana. Não era yacoana! Ela verbalizou baixinho, inaudível: "Podia ser outro tipo de veneno... Veneno de feitiço. Droga!" Abigail não queria acreditar na hipótese que acabara de levantar.

Mara não percebeu a angústia da filha. Estava mais impressionada com o bicho apavorante que aparecera na fita gravada por Maurício.

– Que bicho foi aquele?

– Uma mariposa gigante, Mara. Nojenta...

– Por onde ela entrou, Maurício?

– Pela área de serviço! Atravessou a cozinha... Estava entardecendo e a iluminação natural era insuficiente para eu filmar. Então, acendi as luzes da cozinha e mais um spotlight. As lâmpadas acesas devem ter atraído o bicho.

– Que certamente fugia do escuro da floresta para escapar dos morcegos. E era grande a mariposa, Maurício?

– Enorme. Como eu já disse, era uma mariposa gigante! Preta e marrom. Daquelas que o povo chama de "bruxa". Abigail? Ei, Abigail! O que ela tem, Mara?

A fotógrafa parecia distante, sem prestar atenção

no diálogo da mãe com o garotão. Não queria saber de borboletas crepusculares, as bruxas mariposas... O garotão tirou-a do transe.

– Afinal, minha deusa, você não me respondeu... Aquilo que o Luiz Antônio mostrou era yacoana?

– Não, não era, Maurício...

– Então, o que era?

– Ele mesmo disse: mistério!

Mara ficou nervosa de repente.

– E onde está esse estojo? Alguém pegou ou ainda está lá no apartamento de Luiz Antônio?

– Está comigo, mãe. Ainda bem que está comigo. Meu Deus, onde botei o estojo? Eu trouxe o estojo e o guardei... onde? Mamãe você viu...

– Calma. Pela lógica, você deve ter botado na estante do corredor, na prateleira com a sua coleção de artefatos indígenas. Ou dentro de alguma dessas cestas na sala.

– Claro, claro... Coloquei na prateleira. Ainda bem.

– Posso ver?

– Não, Maurício. Ninguém pode tocar naquilo. E eu quero pedir uma coisa a você. Não comente com ninguém sobre esta fita. Nem com a Eugênia, tá? Me deixa sozinha agora, por favor.

– Falou, Abigailzinha. Eu vim porque você me chamou.

– Maurício querido... Você vai entender tudo depois. Mas agora eu preciso ficar sozinha. Preciso rever a fita sozinha.

– Tá. Você está esquisita mesmo. A gente se fala depois.

Abigail deu um beijo carinhoso no rosto do garotão. E mal ele pegou o elevador, pediu a Mara para ligar para o delegado Mota.

– Você tem o número do telefone dele, não tem, mamãe? Ligue para ele, por favor. Diga-lhe que venha imediatamente para cá. Peça-lhe que passe antes por uma farmácia e compre um par de luvas de procedimento. Vamos precisar.

– Por que você mesma não liga, filha?

– Porque ele vai ficar me perguntando o que eu não quero responder por telefone.

Mara telefonou enquanto Abigail voltava a fita de vídeo. Queria ver a fita de novo, com mais atenção e emocionalmente mais controlada.

Abigail colocou as luvas, pegou o estojo na prateleira, lacrou-o com fita crepe e colocou-o dentro de um envelope que também fechou muito bem fechado. Colou a etiqueta "veneno mortal" e entregou o embrulho ao delegado Mota.

– Está aí. O senhor já viu a fita de vídeo e tem nas mãos o veneno que pode ter matado Luiz Antônio.

– Vou mandar para o laboratório. Mas o fato de não ser yacoana não quer dizer nada. Pode ser apenas uma composição de ceras de abelha, ou outra coisa qualquer, um outro alucinógeno...

– Concordo. Mas por favor, mande examinar num laboratório.

– Evidente. Eu sempre trabalho com a dúvida. Só estou falando isso para você não se decepcionar.

O Maurício não desceu do apartamento com um fantasma ou um zumbi; um *morto-vivo*. Não se esqueça que Luiz Antônio chegou muito bem de saúde no Fashion Mall. Um homem vivo!

– Por isso mesmo. Por ele estar ótimo e... puf. E há certos detalhes descritos por Maurício. Detalhes que eu não tinha dado importância antes.

– Por exemplo?

– Delegado, segundo Maurício, o Luiz Antônio parou de conversar no meio de uma frase. Como se a boca e todos os órgãos de seu corpo tivessem entrado num processo de paralisação total. Daí a dificuldade de respirar, a falta de ar...

– Tudo bem, Abigail. Prometa-me que vai controlar a ansiedade. Não comente nada com ninguém.

– Não vou comentar.

– Logo que tiver o resultado procuro você. Desde o início achei que seríamos cúmplices.

Abigail não respondeu. O comentário do delegado soara-lhe de forma desagradável aos ouvidos. Preferiria dispensar qualquer cumplicidade com Mota. E o que mais queria naquele instante era desabafar com Amadeu. Ou confabular com Pierre. Depois de ver e rever a fita de Maurício convencera-se de que o francês tivera uma baita inspiração ao insistir com ela para que pegasse e guardasse o estojo yanomami como suvenir. Aiiii. Abigail tomou consciência de seu próprio transtorno ao se flagrar presumindo também a possibilidade da inspiração ter partido do próprio morto. Mais ainda, ela levantou a hipótese do pajé estar conduzindo os acontecimentos magicamente, lá de Roraima, do dorso da Surucucu. O delegado observou-a atentamente e se despediu mais uma vez.

– Até mais, Abigail. Não se estresse.

– Boa-noite, delegado.

A fotógrafa o acompanhou até a porta do elevador como se fosse um robô. Entrou no apartamento, trancou a porta da sala e... Uiiiiiii! Mara ouviu o grito e correu para socorrer a filha.

– Que foi, Abigail?

– Foi uma lagartixa que me assustou, mãe.

Mara ainda viu o réptil esgueirando-se por uma parede.

Na rua, antes mesmo de entrar no carro, Mota apertou um botão do celular.

– Estrela?

– Fale, doutor.

– Estou no Horto a caminho da Astral. Tenho uma missão urgentíssima para você.

– Dê as coordenadas!

– Você vai a um laboratório de análises. Antes, darei uns telefonemas para recomendar um tratamento especial para esse serviço. Encontre-me na agência.

– Sim, doutor.

17

A tarde caiu fresca após vários dias de calor. Sob a sombra do abacateiro, Pierre meditava sobre a proximidade do fim de suas férias no Rio de Janeiro. Antes que terminassem, ele pretendia ir à Chapada Diamantina, a terra de Eugênia. Deixara-se seduzir pelas fotos que Abigail lhe mostrara da região lindíssima e cheia de atrativos geológicos. Amadeu o avistou meditando sobre o assunto sob a sombra do abacateiro. O jornalista não tinha muita simpatia por franceses, considerava-os arrogantes, dissimulados e sempre se imaginando cercados de bárbaros. Divertia-se com o desespero deles diante da hegemonia norte-americana. Mesmo assim, se afeiçoara ao francês que hospedara em casa. Considerava Pierre um cara diferente, que conquistava todo mundo com bom humor e uma generosa tolerância. Aproximou-se e sentou-se ao lado dele, debaixo do abacateiro.

– Que modorra!

– Amadeu, você conseguiu falar com Abigail?

– Ainda não.

– Como vocês estão?

– Como sempre estivemos.

– E como vocês sempre estiveram?

– Não seja cruel. Sô! Tá bom. Transamos algumas

vezes durante nossas viagens. A Abigail fica muito excitável quando está produzindo, fotografando...

– Qualquer processo criativo é excitante. Dá energia.

– E como ela tem energia! Sou doido por ela, Pierre. É tesão misturado com ternura, é uma loucura.

– Você ama demais essa mulher, Amadeu.

– Verdade. Sou capaz até de matar por ela. Mas a grande paixão de Abigail foi o puto do Luiz Antônio.

– Não. Não acho não. O fim da relação repentina entre os dois é que deve ter sido um grande trauma para ela. Estava tudo maravilhoso, não havia nenhuma ameaça feminina. E inesperadamente, alguém atravessa. Na época, Luiz Antônio me contou. Abigail se chocou com a história dele comigo. Daí em diante deve ter ficado temerosa de passar pela mesma dor. Amadeu, trauma dói.

– Quer dizer que você é veado mesmo, cara?

– Já disse que não sou veado.

– Então é andrógino!

– Merde... Esquece essa coisa, Amadeu. Você e a dona da *Galáxia* se dão bem?

– Muito bem.

– Que tipo de relação?

– Estritamente profissional. Por que você está me perguntando isso?

– Porque eu tinha a impressão de que o Luiz Antônio vigiava o seu relacionamento com a Eugênia. Parece que ele se sentia ameaçado...

– Paranóia dele, só porque eu agradava a Eugênia profissionalmente e ela gostava de conversar comigo quando eu ia lá na sede da revista. Aí ele me chamava e fazia questão de passar pessoalmente as reportagens especiais para mim. E ficava me monitorando para me manter longe da patroa. Eu sacava a manobra e me mantinha na minha... Aquele filho-da-puta nunca me enganou.

– Você não gostava dele...

– Nem ele de mim!

Antes que a conversa perdesse a leveza do bom humor, Pierre se encorajou e puxou um assunto delicado. O francês abrira acidentalmente uma correspondência via e-mail no computador de Amadeu e lera uma mensagem sobre a morte de uns yanomamis na serra do Surucucu. O autor da mensagem pedia que Amadeu telefonasse para uma pessoa em Boa Vista. Desde então, estava em cócegas para saber do que se tratava.

– Amadeu, desculpe, li sem querer alguma coisa sobre yanomamis morrendo...

– Tudo bem, eu liberei o computador e não existem segredos por e-mail. E eu simplesmente podia ter deletado. Azar o meu. Ou sorte! Como você deve ter visto pela data, a mensagem chegou quando eu ainda estava no Maranhão. Acessei o e-mail, abri e li quando eu ainda estava lá.

– Antes da morte de Luiz Antônio...

– Tem razão.

– E é verdade? Os índios estão morrendo de uma doença misteriosa?

– É verdade. Chico, o autor da mensagem, é o sertanista da Funai em Surucucu. O irmão dele mora em Boa Vista e estava aguardando meu telefonema. Liguei lá da base espacial de Alcântara e ele me contou o que o Chico lhe contara. Um cara com sotaque gaúcho descera no platô da serra de Surucucu, num helicóptero alugado. Num horário que não dava mais para retornar no mesmo dia a Boa Vista. O cara se apresentou como bacteriologista e acabou pernoitando com o piloto num acampamento existente no topo da serra. Atraídos pelo helicóptero, alguns yanomamis da aldeia mais próxima foram até o local e tiveram contato com eles. Dois dias depois esses índios estavam mortos.

– Amadeu, quem era esse bacteriologista?

– O irmão do Chico me disse que o nome do cara era Klaus.

– Klaus? Engraçado, é o mesmo nome de um amigo de infância do Luiz Antônio, lá do Sul, que de vez em quando vinha ao Rio. Eu sei porque o conheci numa dessas vindas dele ao Rio.

– Como era ele, Pierre?

– Fazia o tipo do cientista louco e se orgulhava de ser neto de um nazista alemão. Luiz Antônio se divertia com ele. Eu o achava nojento. Amadeu... eu encontrei a página de um jornal do Rio Grande do Sul no apartamento do Luiz Antônio noticiando a morte do cara. Isso mesmo, um bacteriologista chamado Klaus não sei do quê. O Luiz Antônio também esteve em Surucucu, não esteve? Que coincidência macabra!

– O puto do Luiz Antônio esteve depois desse tal Klaus. O filho-da-puta esteve, sim, depois!

– Pega leve meu amigo porque está ficando explícito o ódio que você sentia por Luiz Antônio.

Uma folha despencou do abacateiro resvalando no ombro direito de Amadeu, que se manteve impassível. Pierre o espiou, examinando suas feições. O jornalista tinha fechado a cara e encerrado a conversa.

Dera tudo certo. As fotos que Abigail fizera na Cidade de Deus, para uma reportagem sobre movimentos comunitários, haviam rendido mais do que ela esperava. Além disso, conseguira voltar antes da hora do rush. Ao abrir a porta, avistou a luzinha piscando. O telefone estava direto na secretária eletrônica. Escutou os recados. Droga! Droga! Droga! Nenhum sinal do Mota. Ele não ligara para o celular nem para o telefone fixo. Abigail atirou-se na cama de seu quarto. O entusiasmo com o rendimento do dia evaporara-se. Que droga!!! Lamentava-se ainda quando percebeu o ruído de chave na fechadura da porta de entrada do apartamento.

– Mamãe?

– Sou eu, Abigail, e trouxe alguém comigo!

– Quem?

– Venha ver.

– Delegado Mota?

– Estava dando um tempo para você descansar um pouco, mas a Mara me achou lá embaixo. Quer conversar antes ou depois de um banho?

– Agora.

– Então, sente-se...

– O conteúdo do estojo é o veneno que matou Luiz Antônio?

– Exatamente, Abigail.

– Trata-se de um veneno superpotente que funciona em concentrações mínimas. Sua molécula se move com facilidade tanto na água quanto na gordura, conseguindo navegar pela gordurosa camada córnea e depois penetrar nas camadas aquosas da pele até ser absorvida pela corrente sangüínea.

– Quer dizer que o veneno age em contato com a pele?

– Exatamente, Abigail. Talvez a intensidade do efeito varie de pessoa para pessoa. O tipo de pele de Luiz Antônio deve ter ajudado a absorção do veneno. E o mais estranho é que não deixou marcas.

– Então foi o que eu imaginei, delegado. Luiz Antônio se contaminou quando o estojo caiu e ele catou com os próprios dedos um pedacinho daquela coisa cor de âmbar no chão. Ele tocou, sem qualquer proteção, no veneno mortal.

– Que veneno diabólico! Não deixou marcas.

– Com certeza, ele lavou logo as mãos e eliminou quaisquer vestígios do veneno na pele dos dedos.

– Isso, Abigail. Mas parte do veneno já tinha se infiltrado. E caiu na corrente sangüínea quando ele estava no Fashion Mall.

– Morte estúpida! Meu Deus...

– Bem, eu dou a notícia a Eugênia e você aos seus amigos Amadeu e Pierre. Combinado?

– Combinado, delegado. Falo também com o Maurício. Se não fosse a fita de vídeo...

– Se não fosse você, Abigail. Qualquer outra pessoa que tivesse visto a fita não perceberia nada. Todos se ligaram no susto. Na mariposa monstrenga!

– É verdade. Ninguém se importou com o conteúdo do estojo que caiu no chão.

– Poderia haver outras mortes e outros inocentes sob suspeita. Mas que diabo de veneno!

– Veneno de feitiço, delegado.

– Está bem. Depois você me conta essa história.

– O senhor não está acreditando que seja veneno de feitiço, não é?

– Não é isso Abigail. É que agora você está exausta, abatida e com cara de feiticeira.

Mota brincou com a fotógrafa e deu uma gargalhada. Estava eufórico por ter conseguido desvendar o mistério da morte de Luiz Antônio. Queria dar a notícia pessoalmente e o mais rápido possível à dona da *Galáxia*. E, mesmo sabendo que a proeza tinha sido de Abigail, quem ficaria com os méritos? Ele!

Despediram-se.

A fotógrafa focou sua atenção nos olhos puxados e amarelados subitamente erotizados no rosto do delegado. Mais esquisitos do que nunca.

18

Ve-ne-no de fei-ti-ço! Ve-ne-no de fei-ti-ço! Ve-ne-no de fei-ti-ço! A frase rolava no cérebro de Abigail. Ela queria entender a parte da feitiçaria. O feitiço que aterrorizava os yanomamis no dorso da Serra do Surucucu existiria mesmo? Indagava-se, indagava-se, indagava-se. Numa das reportagens especiais em dupla com Amadeu pelas encostas da serra, um antropólogo havia lhes dito que os pajés yanomamis eram famosos na região por seus poderes assustadores. E daí? Ela e Amadeu estavam cansados de saber dessas coisas. O xapuri da aldeia onde haviam ficado, por mais de uma vez, era um feiticeiro jovem que fazia o gênero maluquinho e que adorava consumir yacoana independentemente de qualquer pajelança. Tinha simpatizado, sabia-se lá por quais cargas d'água, com o casal de jornalistas e segredara-lhe que matava os inimigos envenenando seus rastros. Como? O pajé maluquinho não explicara. Mas o Amadeu insistira teimosamente e conseguira que o jovem feiticeiro lhe mostrasse o tal veneno. De longe! Na época, Abigail não fizera qualquer esforço para entender a proeza medonha de envenenamento de inimigos catando seus rastros. Esquecera a história da feitiçaria. Mas... Clic! Ressuscitou-a. E...

entendeu. Abigail entendeu, finalmente, como agia o veneno de feitiço. Os passos e movimentos rotineiros do inimigo eram rastreados, sim. E por quê? Porque o veneno deveria ser colocado em um lugar onde somente o inimigo pisaria. Descalço! Ou então, em um objeto no qual só ele tocaria. Caso o feitiço, o qual nada mais era que o envenenamento da vítima, atingisse a pessoa errada, o xapuri teria o antídoto. Pajé que se prezava tinha o antídoto de todos os seus venenos.

Abigail sentiu um aperto no peito. Ai... Ai, como doía. A ferida reabriu. Envenenaram o rastro de Luiz Antônio! "Quem botou o veneno dentro daquele estojo?" Seu amigo amoroso teria aberto aquele maldito estojo indígena diante da câmara de Maurício acreditando que dentro dele havia yacoana? Não... Ele conhecia yacoana! Ele mesmo dissera, na fita, que dentro do estojo havia um mistério. O que levara Luiz Antônio a cometer aquele equívoco fatal? Abigail quase gritou. "Caca! Alguém, ainda que invisível, induziu ou forçou Luiz Antônio a tocar no veneno! E numa quantidade ínfima para o efeito ser lento. Não foi um acidente!" O mistério quicou novamente. Ela sentia, havia algo além do que vira na fita de vídeo gravada por Maurício. Havia algo mais a desvendar na morte de Luiz Antônio. Ela sentia. Ai... Maldita intuição que não a deixava em paz. O interfone disparou. Mara atendeu e avisou a filha que havia um rapaz na portaria querendo falar com ela sobre a serra do Surucucu.

– Mando ele subir, filha?

– Você acha que tem perigo?

– Pelo jeito que ele falou, acho que não...

Mara mandou o rapaz subir. Os olhos pestanudos do rapaz moreno de cabeça raspada e brinquinho na orelha brilharam diante de Abigail. Sorridente, passou o capacete de motociclista para a mão esquerda e estendeu a direita à fotógrafa.

– Não me pergunte por quê, Abigail, mas sei que posso confiar em você. E você pode confiar em mim. Sou o Estrela, assistente do doutor Mota.

– !!!!????

– O doutor Mota não levou a sério esse lance de veneno de feitiço. Veneno de farmácia é uma coisa, veneno de feiticeiro, de pajé, é outra bem diferente. O doutor Mota não quis saber da história porque achou que você estava estressada, falando bobagem. Mas eu acredito em você, Abigail. E em feiticeiros também. Diga-me. O que é o veneno de feitiço?

Abigail e Mara se entreolharam. Passado o primeiro instante, sacaram que o apartamento havia sido *grampeado.* Estava explicado o jeito do Mota irrequieto, sempre andando de um lado para o outro, mexendo nos objetos, gesticulando... Ele devia ter deixado algum aparelhinho por lá para o rapaz misterioso poder gravar as conversas a longa distância. Canalhas!

Estrela percebeu a indignação das duas e procurou acalmá-las.

– Calma, gente! Peraí. Calma. Não foi nada pessoal. Pura investigação, serviço de detetive com tecnologia. E acabou. O doutor já recolheu o ouvido eletrônico. Acreditem em mim, acabou.

Abigail avançou para ele.

– Seu...

– Você também fotografa de longe, Abigail, flagra cenas indiscretas...

– Não. Eu não arrombo a privacidade de ninguém. Isso é crime!

– Abigail, entenda. Não fizemos isso para chantagear ou levar vantagem escusa. Foi para elucidar um assassinato!

Mara contemporizou.

– Filha, o rapaz estava fazendo o serviço dele. Está aqui, sem autorização do chefe, se expondo. Não parece mau caráter. Quer aprender. Conta para ele o que é o veneno de feitiço. Vai...

– Tá. Eu conto. Mas não acredito que esteja vivendo esta cena.

Estrela ouviu boquiaberto o que Abigail sabia sobre venenos de pajés indígenas. Ao sair do prédio deparou com Amadeu na porta do elevador. Um se surpreendeu com o outro, despistando, cada um a seu jeito, a sensação de terem se reconhecido. O jornalista apenas franziu a testa e retardou a entrada no elevador para observar o motociclista se encaminhando para a rua. Foi o tempo de Pierre chegar e acenar da calçada.

– Amadeu! Olha eu aqui, me espera...

Abigail demonstrou contentamento diante dos dois homens queridos. De qual gostava mais? Sentia-se dividida. Um e outro despertavam nela uma porção de sentimentos. Nem melhores, nem piores, nem iguais. Ambos a atraíam formidavelmente, no que mais tinham de diferentes. Convocara-os com a pretensão de desvendar e enterrar de vez a história da morte misteriosa de Luiz Antônio. Ela queria tentar acabar também com a própria sensação estranha, com os delírios e com aquela loucura de intuição. Mostrou-lhes a fita de vídeo e contou-lhes tudo, tintim por tintim. Doloroso exorcismo... No final, o geofísico francês se afastou em direção à varanda. Observou uma nuvem, pareceu enxergar os bilhões de estrelas através dela e se fixou na Lua por alguns instantes. Aí, estirou-se no chão com os olhos na floresta. A nuvem cobriu a Lua. Uma mariposa, marrom e preta, enorme e repugnante invadiu a quietude do apartamento. Assustadoramente, a bicharoca debateu-se de uma parede para outra até se assossegar no banheiro. As lagartixas se alvoroçaram. Haviam detectado o manjar. Uma delas esgueirou-se pelos azulejos e ficou na espreita, aguardando o momento certo para atacar. Começaria mordendo, despedaçando uma ponta de asa do inseto gigantesco. Aos poucos as asas acabariam retalhadas de tal forma que a bruxa-mariposa perderia a capacidade de voar. Coitada. Iria se tornar o jantar da lagartixa.

19

O começo de noite no Horto ficou repentinamente pesado, com uma atmosfera abafada. Iria chover? Abigail chegou na varanda e sentou-se ao lado de Pierre. Ele descansou a cabeça no colo dela. Amadeu quase gemeu de ciúme. A fotógrafa usava saia curta e a pele do rosto do francês roçava a pele das coxas da mulher amada. Quem disse que mulher amada é coisa de folhetim? Mulher amada existe, porra! E desgraçadamente a mulher amada estava gostando do bafo de um francês nas suas coxas. Não... Amadeu não suportou. Aí era demais, não merecia isso. O efeito cumulativo do estresse que vinha disfarçando chegara ao extremo. Amadeu não se conteve. A voz, de tão austera, nem parecia a dele.

– Abigail, você está apelando para a libido para apagar da memória o Luiz Antônio?

Pierre se levantou estranhando o tom do jornalista. Abigail o imitou e ouviu o francês lhe sussurrando.

– Merde... Ele surtou. Deixe ele falar, Abigail. Eu vou embora. Cuide dele.

Mara apareceu de repente. Pierre segurou-a pelo cotovelo esquerdo conduzindo-a em direção à porta.

– Vamos dar um passeio, Mara. Esses dois precisam ficar sozinhos. Vamos...

Abigail tocou nas mãos geladas e suadas de Amadeu, procurando os olhos dele.

– Amadeu, você não está bem. O que está acontecendo?

– Eu matei o Luiz Antônio, baby.

Abigail estremeceu. Não, não ia nem registrar o que ouvira.

– Você não está legal. O que você está sentindo, Amadeu?

– Quer saber? Vontade de surrar você.

– O que eu fiz para te magoar tanto assim?

– Não agüento mais essa situação. Você continua idolatrando o Luiz Antônio e agora está dando bola para o francês, porra! Eu matei por sua causa. Matei para te salvar!!!

– Calma, Amadeu. Que é isso? Calma.

– Calma o caralho. Sô! Você precisa saber que o Luiz Antônio era um filho-da-puta, um monstro. Ele tinha um plano diabólico para tomar a *Galáxia* da Eugênia. Sabe o que ele foi fazer em Roraima? Conferir o estrago do bacteriologista, do tal Klaus, para armar um escândalo contra a Mineradora Guimarães.

– Do que você está falando?

– A serra do Surucucu tem muito minério, tem muita cassiterita.

– Disso eu sei...

– Mas não sabia que a Mineradora Magalhães está fazendo uma pesquisa de lavra no local. Que conseguiu o alvará para a pesquisa de lavra na serra do Surucucu.

– Tá. Mas não estou entendendo onde você quer chegar.

– Então, escuta com atenção.

Abigail escutou Amadeu contando que ainda estava no Maranhão quando Luiz Antônio ligara de Roraima para o seu celular, combinando um encontro dos dois no apartamento em São Conrado, no Rio. Por coincidência, chegariam de viagem no mesmo dia e combinaram encontrar-se imediatamente. O porteiro não estava na portaria. Amadeu subira direto. Levava o doce de buriti. Luiz Antônio estava muito risonho e brincalhão, mostrando-lhe de cara três pequenos estojos indígenas. Todos com tampas de couro, mas cada uma de um bicho diferente: porco-do-mato, cobra surucucu e onça-pintada. "Tá vendo, agora também tenho meus fetiches silvícolas. Gostou?" Amadeu olhara os estojos e perguntara como os havia conseguido. "Estive na serra do Surucucu e o pajé seu amigo e da Abigail me presenteou". Espantado, o jornalista quisera saber como Luiz Antônio conseguira aquilo e o que fora fazer na serra. "O que o diretor editorial da *Galáxia* não consegue? Obtive autorização da Funai, em Brasília. O que fui fazer lá? Conferir o "servicinho" de um amigo meu, bacteriologista. Ele infectou alguns yanomamis com a bactéria pseudomona para uma experienciazinha científica, e eu queria saber se havia cadáveres!" Horrorizado, Amadeu ligara os fatos. Lembrara-se do e-mail que abrira, ainda no Maranhão, do sertanista Chico e da conversa por telefone da base de Alcântara com o irmão dele sobre a morte dos índios. Dois índios yanomamis que haviam tido contato com o tal Klaus, o bacteriologista com sotaque gaúcho. Estarrecera-se, mas conseguira manter o autocontrole. Interrogara: "Luiz Antônio, onde está esse bacteriologista?" "Eu combinei uma reunião com ele em Brasília, antes de voltar para o Rio. Mas, desgraçadamente ele morreu com uma overdose de yacoana. Aliás, você e Abigail foram os primeiros a me explicar que a yacoana tanto serve de veneno para a caça como de alucinógeno para a pajelança..." A fotógrafa interrompeu o discurso do homem empapado de suor diante dela.

– Amadeu, essa história é louca demais. Você está dizendo que o Luiz Antônio mandou um bacteriologista para a serra do Surucucu infectar yanomamis e depois o matou com uma overdose de yacoana em Brasília?

– Estou, baby.

– Por que Luiz Antônio cometeria tamanha monstruosidade?

– Para se tornar o dono da *Galáxia*!!!

– O que você está dizendo é um absurdo. Você não está bem, Amadeu.

– Não é absurdo. Acredite em mim! Sabe qual era o tal furo jornalístico que ele tinha para nós dois? Uma reportagem denunciando o assassinato de yanomamis na serra do Surucucu, levantando suspeitas sobre a pesquisa de lavra da Mineradora Magalhães na região e responsabilizando-a por um contágio mortal com os índios...

– Impossível! Isso é inverossímil!

– Primeiro ouve tudo, baby. Te imploro...

Quase em estado de choque, ela continuou

ouvindo o relato compulsivo de Amadeu, como num monólogo de teatro. Que Luiz Antônio lhe encomendaria a tal reportagem fictícia, sensacionalista, para ferrar com a mineradora e a reputação da família Magalhães. Que essa reportagem seria oferecida pela dupla free-lancer Amadeu/Abigail a um grande jornal paulista, que a compraria e publicaria. Então ele perguntara qual o objetivo de toda aquela barbaridade. O objetivo? Luiz Antônio não se fizera de rogado, apresentara-o com o maior descaramento: "Quero ser o dono da *Galáxia*. Com o escândalo provocado pela reportagem que você fará com a Abigail, a revista não terá mais futuro. Para salvá-la do descrédito e da falência, Eugênia aceitará a minha proposta de compra. Pois fará tudo para desvincular o título, *Galáxia*, da mineradora e da família Magalhães. Temporariamente... Quer dizer, eu a farei pensar que atuarei como *laranja*. Na verdade, me tornarei o dono da *Galáxia* para sempre! Amadeu, é um desperdício deixar essa grã-fina como dona da revista. O gênio sou eu. A *Galáxia* existe e faz sucesso por minha causa. E não por causa de dona Eugênia Magalhães! E se você fizer tudo direitinho, você assumirá o meu lugar. Você será o novo diretor editorial. Hã? Que tal? Fechado?"

Abigail o interrompeu mais uma vez.

– Você está alucinado... Isso não pode ser verdade.

– O que não pode ser verdade é você não querer saber o fim da história.

– Droga! Aiii... Tenho medo. Tenho muito medo do final da história! Da minha intuição. Tá. Continua...

– Eu disse que ia à polícia e ele soltou uma gargalhada dizendo que me internariam num pronto-socorro psiquiátrico. Depois, me ameaçou: "Sabe por que escolhi você como cúmplice? É fácil te controlar, Amadeu. Você tem algo a perder. Ou alguém. Se você não topar eu mato a Abigail, a coisa mais fácil que tem é eu inventar um crime perfeito para matar a tua Abigail, porque ela come na minha mão, viu?"

A fotógrafa sussurrou. Devagarinho...

– Eu comia na mão dele?... Como assim?

– Meu amor, não se martirize com isso porque é o de menos. Eu o matei! A partir do momento em que ele me ameaçou com a tua vida, comecei a fingir que compactuava com ele, comecei a ganhar tempo... Ele telefonou para você. Estava excitado e suando em bicas. Induzi-o a tomar um banho para se refrescar e receber você com melhor aspecto físico. Foi quando surgiu a oportunidade, baby. Enquanto o puto estava debaixo do chuveiro, abri os estojos que estavam sobre a mesa da cozinha. O que tinha a tampa de couro de porco-do-mato estava cheio de yacoana. O outro, com tampa feita de pele de cobra surucucu, guardava uma bolota... uma substância que me pareceu familiar e que acabei reconhecendo. Era o veneno de feitiço! O terceiro estojo, bem pequenino, tapado com couro de onça-pintada, continha o antídoto. Luiz Antônio furtara os estojos do pajé sem imaginar que havia se apossado de um poderoso veneno e muito menos que trouxera o antídoto!

Amadeu fez uma pausa para agonia dos ouvidos atônitos de Abigail.

– O que você fez?

– Agora você está começando a acreditar em mim. Eu peguei o estojo do antídoto e escondi no meu bolso. Aí, esperei. No momento em que Luiz Antônio voltava do banheiro, dei o bote: "Você já sentiu como a textura dessa bolota é gostosa? E a sensação? É mais estranha e prazerosa do que a deixada pela yacoana. Experimente. Passe o seu dedo mínimo bem de leve e bem rápido". Ele topou experimentar... exatamente como eu sugerira. Aí, em seguida, pintou o Maurício. E Luiz Antônio morreria por subestimar a inteligência e a ousadia das pessoas comuns...

– O Maurício viu você lá?

– Não. Quando o porteiro interfonou, o Luiz Antônio disse para o garoto subir e mandou que eu me escondesse no quarto de empregada. Não queria que o Maurício me visse. E fui eu quem espantou sem querer a mariposa horrenda que apareceu no vídeo. Ela não entrou pela varanda ou pela janela, sei lá. A bicha estava no quarto de empregada. E não foi a coitada que provocou a morte do filho-da-puta. Ele já estava envenenado. Fui eu quem o envenenou, sem lhe dar a chance do antídoto. Eu o matei!

Amadeu fez outra pausa demonstrando um enorme cansaço. A fotógrafa fitava-o paralisada.

– Esperei Luiz Antônio e Maurício saírem do apartamento. Para sua informação, baby, ele lavou as mãos antes de sair e bateu a porta. Sem trancá-la! Quando tive certeza que haviam descido no elevador, saí do esconderijo. Então, troquei as tampas dos estojos! Usei um saco plástico para proteger minha mão e pegar o estojo destrambelhado com o veneno de feitiço. Aí, lavei bem a tampa de couro de cobra e fiz a troca. Tampei o estojo contendo yacoana, com a tampa de couro de cobra e fechei o estojo com o veneno de feitiço, com a tampa de couro de porco-do-mato. Escute bem. No final de tudo, o que ficou em cima da mesa da cozinha foi o estojo de yacoana tapado com couro de cobra surucucu!

Abigail conseguiu se mexer. Apertou os lábios e soltou suas perguntas:

– Onde você achou o saco plástico e o que fez com o veneno de feitiço?

– Primeiro o saco plástico. Você já se esqueceu, meu amor? Sempre que viajo carrego num bolso, bem dobradinhos, um pedaço de papel higiênico e um saco plástico. Neura? Sim. Uma neura que já me tirou de muitos apuros. Eu chegara do Maranhão e ainda estava com a roupa da viagem. Bem, agora o veneno de feitiço. Guardei-o comigo. Pretendia mandar analisá-lo num laboratório. Tinha curiosidade sobre sua fórmula. Com a exumação do corpo e a entrada do Mota em cena, fiquei dando um tempo para não levantar suspeitas.

– E o veneno de feitiço na minha estante?

– Abigail, eu já disse, você nunca teve veneno de feitiço na sua estante. A confusão foi por causa da troca das tampas. Da tampa de couro de cobra... Você usou as luvas de procedimento porque não queria correr risco algum ao manipular o estojo. Mas você não chegou a abrir o estojo.

– Tem razão. Só que você está se esquecendo da análise do laboratório. O resultado confirmou veneno letal.

– Eu posso ser péssimo em muita coisa. Mas sou

excelente repórter, baby. Levantei a vida do delegado Mota e cheguei à agência da irmã dele, a Agência Astral. Há uns anos fiz uma reportagem sobre detetives particulares. Por isso, não foi difícil descobrir quem era o assistente do delegado. Mirei o Estrela e contratei um motoqueiro para segui-lo. No laboratório, procurei saber a quem ele tinha entregado o estojo. Apresentei-me dizendo que estava ali por uma emergência, a mando do Mota. Que o conteúdo do estojo para análise tinha ido trocado, que o conteúdo a ser analisado estava comigo. Em resumo, persuadi o cara do laboratório. Convenci-o de que falava a verdade.

Abigail suspirou.

– Conseguiu como, Amadeu?

– Mostrando todo o meu conhecimento sobre o aspecto e os efeitos da yacoana. Ou seja, sobre o aspecto e os efeitos do material que lhe havia sido entregue pelo Estrela. Enfim, o cara ficou impressionado e acabou acreditando em mim. Aí analisou o veneno que lhe entreguei e mandou o resultado da análise para o Mota.

– Você teve sorte e...

– Sorte e faro de repórter competente, sô!

Abigail suava frio. Levou as mãos às têmporas para desgrudar mechas de cabelos subitamente molhados. A transformação inesperada de sua fisionomia surpreendeu e inquietou Amadeu, que viu a mulher amada com o olhar estarrecido, atemorizada, com medo dele.

– Você matou. Foi capaz de matar. Você é o assassino de Luiz Antônio!

Situação inimaginável. O desespero de Abigail a tornava irreconhecível. Como? O seu parceiro repórter jamais mataria o seu amigo amoroso. Não! Devia estar alucinada... devia estar sendo vítima de algum colapso mental. Por que o Amadeu estava fazendo aquilo com ela? Olhava-o com pavor. Ele reagiu.

– Porra! O editor genial, o amigo amoroso, insubstituível, cacete a quatro... era um criminoso filho-da-puta. Você não o conhecia porque nunca o contrariou. Entrava no jogo dele, nas competições de inteligência... Correspondia ao tipo físico de mulher que ele admirava. Você não faz idéia do grau de perversidade do seu reizinho adorado.

A fotógrafa o encarou com repugnância.

– O perverso é você!

– Não, não e nãoooo! Puta que pariu! Como vou convencê-la de que o Luiz Antônio adorava divertir-se seduzindo quem o agradava?

– Mentira!

– Esse tipo de coisa a gente não tem como provar, mas não é mentira, Abigail. Sabe o que ele fazia com as pessoas comuns que não o idolatravam, o desagradavam ou o irritavam por algum motivo? Destruía-as. Sabe como? Torturando-as psicologicamente até levá-las ao suicídio físico ou estrutural. Procure se informar melhor sobre o seu passado nos colégios, na universidade. Das brincadeiras sádicas, dos trotes cruéis... escondidos! Tudo sempre muito limpinho, porque a sujeira ficava por debaixo dos panos. Ele era um monstro. Ele era um assassino, um doido. Pensava que ia conseguir enganar a

Eugênia e por causa disso matou gente inocente. Eu acabei com um monstro. Eu vinguei os inocentes. Eu salvei você. E de quebra cometi o crime perfeito. Quem merece o seu amor sou eu! Não aquele francês ladrão.

O mundo desabou sobre Abigail. Não reconhecia mais o Amadeu, o seu parceiro profissional tão querido. E o Luiz Antônio, o seu amigo amoroso? Num estalo afloraram algumas impressões que ela havia censurado e escondido da própria memória. Diversas vezes se perturbara muito com o comportamento do amigo amoroso. Testemunhara, sim, a arrogância, a zombaria, o desprezo de Luiz Antônio por pessoas sensíveis e fragilizadas. Era tão fascinada por ele que nunca ousou questionar suas atitudes. "Não. Não. Não. Nãooooo!!!! Era tudo torpeza do Amadeu. Ou tinha sido uma idiota? Uma idiota nas mãos de um facínora sedutor". Aiiiii. Ia arrebentar de dor. A tragédia esgarçou ao limite todas as emoções, todos os sentimentos. Tudo ficou transparente... Como ela não enxergara isso antes? O amigo amoroso morto tinha sido um filho-da-puta e o assassino era o cara que ela amava de verdade.

Amadeu afligiu-se com o sofrimento de Abigail:

– Meu amor, me perdoa. Foi para te proteger. Eu amo você, Abigail. Desesperadamente, acredite!

– Chega! Chega...

Ela o empurrou e correu em direção à porta principal do apartamento. Abriu-a e em vez de pegar o elevador, desceu desenfreada as escadas do edifício. Pierre e Mara voltavam e fizeram menção de ir atrás. Amadeu os conteve. Chorando:

– Não, fiquem aqui. Ela precisa desafogar.

Pierre ficou ainda mais estarrecido com o estado emocional do jornalista. Segurou-o pelos ombros e pediu.

– Mara, vá ao encontro da Abigail daqui a pouco. Atenda agora o Amadeu. Por favor.

20

Começou a trovejar. Abigail se encolheu no banco de pedra, no jardim dos fundos do terreno pertencente ao condomínio do prédio. A iluminação tênue vinha da lâmpada no galho de uma árvore. Mara deduzira que ela se refugiara ali. Um cantinho que costumava ficar deserto após o escurecer porque os outros moradores tinham medo dos gambás, seus freqüentadores assíduos. Mara sentou-se ao lado de Abigail, acariciou os cabelos dela e deu-lhe de beber o chá calmante que preparara e levara numa garrafinha térmica.

A bebida quente fez a fotógrafa transpirar mais ainda, mas também a fez relaxar. Mara não resistiu e perguntou o que Amadeu lhe contara. Abigail argumentou que não dava para falar nada ali embaixo, poderiam estar sendo observadas e ouvidas por alguém na escuridão. A mãe não perdeu a oportunidade e convenceu a filha de que seria melhor subirem para fechar e enterrar de vez toda aquela história dramática.

Voltaram ao apartamento com a sensação de estarem sendo seguidas. Aceleraram os passos. Por sorte, o elevador estava no térreo. Apertaram depressa o botão correspondente ao andar do apartamento delas e ouviram o barulho do elevador de serviço também subindo. A porta do elevador social se abriu, elas conferiram o andar e correram para a porta do apartamento. Sentiam-se perseguidas. Entraram rápido e ofegantes. A chuva desabou. Pierre já não estava mais lá. Só Amadeu. A campainha tocou. Como, se o porteiro não interfonara antes? Ah, devia ser o francês voltando. Abigail abriu a porta e os olhos amarelos a espetaram.

– Sinto muito, Abigail. Cadê o Amadeu?

– Estou aqui, delegado.

– Acompanhe-me. Você tem advogado?

Mara interpelou Mota:

– O delegado está prendendo Amadeu?

– Sinto muito, Mara.

De repente, a barulheira farfalhante. O que era aquilo? Parecia ter vindo do banheiro. Uma coisa escura passou sobre a cabeça deles. Voava com esforço, desengonçada... até conseguir pousar junto ao vértice da parede da janela com o teto. Todos olharam a bruxa com a metade de uma asa destroçada. Evidente que a borboleta noturna fora atacada por seus predadores naturais noctívagos. Transformara-se em jantar. Alguma coisa começou a se movimentar sorrateiramente por cima deles. De repente, o baque. O impacto do réptil despencando no meio da sala se misturou ao grito histérico de Abigail.

– AAAAAAaaaaaaaaaaaaaaaaaa!!!!!!

– Minha filha!

– Mãe, o delegado Mota ainda mantinha um ouvido eletrônico aqui dentro! O Estrela mentiu!

Amadeu continuou mudo e imóvel com um

único pensamento: "qualquer coisa que eu disser pode ser usada contra mim". Abigail parecia ouvi-lo telepaticamente. Aquietou-se. Mara foi prática.

– Amadeu, escreve aqui o nome, endereço e telefone de seu advogado.

Mota perseguiu a lagartixa. Ela safou-se do pisão do delegado que a alcançou com a ponta do guarda-chuva. Raac. O animal escafedeu-se e deixou o rabo cortado cobrejando sob os olhos da fotógrafa estática.

Os dois homens se retiraram sem uma nem duas palavras. Apenas o gemido de Abigail rompeu o silêncio:

– Aiiiiii.

Este livro foi composto na DFL Ltda.
Rua Leandro Martins, 22 – sala 712 – Centro – Rio de Janeiro – RJ
e impresso na Editora JPA Ltda. Av. Brasil, 10.600 – Penha – Rio de Janeiro – RJ
para a Editora Rocco Ltda.

UMA AULA DE MATAR
Ana Arruda Callado

O JANTAR DA LAGARTIXA
Ateneia Feijó

O PRIMEIRO CRIME
Carmen Moreno

FARO FELINO
Tessy Callado

SARACUSA.COM
Eliene Narducci

VENDE-SE VESTIDO DE NOIVA
Denise Assis

Coleção
ELAS SÃO DE MORTE
Concepção e coordenação
Denise Assis